NON STOP

D1726436

# Frank Rossie

# Johnnie kommt

Roman

NON STOP

NON STOP
Nr. 22876
im Verlag Ullstein GmbH,
Frankfurt/M – Berlin
Titel der Originalausgabe:
Johnnie's Girls
Aus dem Amerikanischen
übersetzt von
Erwin Schöckinger

Neu eingerichtete Ausgabe

Umschlagentwurf:
Theodor Bayer-Eynck
Foto: VPM-Redaktionsservice
© 1972 by Greenleaf Classics, Inc.,
San Diego
© 1973 by Verlagsgesellschaft
Frankfurt
Alle Rechte vorbehalten
Printed in Germany 1992
Gesamtherstellung:
Ebner Ulm
ISBN 3 548 22876 3

November 1992

Die Deutsche Bibliothek –
CIP-Einheitsaufnahme

**Rossie, Frank:**
Johnnie kommt: Roman / Frank
Rossie. [Aus dem Amerikan. übers.
von Erwin Schöckinger]. – Neu
eingerichtete Ausg. – Frankfurt/M;
Berlin: Ullstein, 1992
    (Ullstein-Buch; Nr. 22876:
    Non-stop)
    ISBN 3-548-22876-3
NE: GT

# ERSTES KAPITEL

Als sie sich nackt ausgezogen und auf das Bett gesetzt hatte, ging er zur ihr hin und schaute auf sie hinunter.

Ihr Gesicht hatte schon Falten, war zu gedunsen; vorzeitig gealtert. Die Farbe in ihrem grauen Haar war ungleichmäßig und fleckig: Heimarbeit, um einen Dollar zu sparen. Ihre Augen hart wie Stahl. Die Hure lächelte zu ihm auf.

»Magst du, was du siehst, Soldat?«

»Sag nicht Soldat zu mir«, sagte er. »Ich bin heute morgen entlassen worden.« Er küßte sie, und sie roch nach Hamburgers und Zwiebeln. Aber Johnnie hatte seit drei Jahren keine nackte Frau mehr gesehen, und sie sah für ihn so gut aus. »Leg dich auf das Bett, Baby, und stopf dir ein Kissen unter den Po«, sagte er.

Sie sah ihn zweifelnd an. »Was hast du vor?«

»Als ich dich angeheuert habe, hast du zugesichert, daß du Anweisungen jederzeit befolgst.«

Sie zögerte für einen Moment und legte sich dann hin, machte, was er von ihr verlangt hatte. Sie sah ein wenig verwirrt drein und kicherte, um ihr Unbehagen zu verschleiern.

»Was – was je –« – »Jetzt«, wollte sie noch sagen, kam aber nicht mehr dazu, weil Johnnie sich bereits auf sie gelegt hatte. Ihre weitgeöffneten Beine zitterten ein wenig, als er sich dazwischenkniete. Plötzlich war ihre Hand an seinem Soldaten; sie griff energisch zu und bugsierte es in die von ihr gewünschten Richtung. Ihre Säulenbeine umschlangen seine Taille, hielten ihn fest. Dann begannen sie, sich schnell, hektisch zu bewegen. Es war schön für ihn. Vielleicht die beste Leistung, welche die müde Dirne seit Jahren vollbrachte. Sie war selbst angeheizt, und deshalb bedeutete es mehr als nur Arbeit für sie. Sie warf sich ihm entgegen, preßte sich an ihn. Als es dann vorbei war, lag sie erschöpft und schweiß-naß neben ihm.

»Mein lieber Mann«, brachte sie mühsam hervor, »das war aber mal was!«

Johnnie stand auf und ging ins Bad. Beim Militär hatte er es sich angewöhnt, hinterher vorzusorgen, und das tat er jetzt auch mit der Gewandtheit einer dreijährigen Übung. Man konnte nie wissen . . .

Als er zurückkam, lag die Hure immer noch auf dem Bett. Sie starrte wie eine glückliche Braut gegen die Decke.

»Du ziehst dich jetzt besser an«, sagte er. »Zeit zu gehen.«

»Möchtest du es nochmals mit mir machen, Großer? Auf meine Kosten, natürlich.«

»Danke. Aber ich muß einen Zug erwischen.«

Er knöpfte seine Hose vollends zu und fischte seinen Geldbeutel heraus, warf einen Fünfzig-Dollar-Schein auf das Bett. Sie nahm ihn ehrfürchtig.

»He, das ist aber – «

»Ich weiß. Ich trage ihn schon drei Jahre als Glücksbrin-ger mit mir herum. Ich habe mir geschworen, daß ihn die er-ste Frau bekommen soll, mit der ich es mache, wenn ich von Vietnam zurück bin.«

Der Zug war mit Soldaten vollgestopft, einige Huren dazwi-schen. Er fuhr bis Indianapolis und nahm von dort ein Taxi nach Stockton. Es war eine lange Fahrt, und im Halbschlaf wunderte er sich noch darüber, wie sich die Leute fortbewegt hatten, als es noch keine Taxis gab.

»He, Soldat, wach auf! Stockton. Wohin möchtest du?«

»Einunddreißig-zwo North Eight Street.« Er döste noch etwas und wachte auf, als der Wagen hielt. Er warf dem Fahrer einen viel zu großen Schein zu und hörte im Weggehen seinen überschwenglichen Dank. – Er war zu Hause.

»Johnnie!« Seine Mutter stürzte aus dem Haus und warf die Arme um ihn. »Laß dich mal ansehen!« rief sie und schob ihn ein Stück von sich weg. »Du bist ja groß wie ein Pferd! Was füttern sie denn bei der Armee?«

»Heu.«

»Komm herein. Du mußt Hunger haben, wenn du im Zug nichts gegessen hast.« Sie führte ihn ins Haus. Ein kleiner Mann in grauer Hose und Unterhemd kam auf bestrumpften Füßen aus dem Wohnzimmer.

»Hallo, Papa.« Johnnie schüttelte ihm die Hand und bemerkte, daß er kleiner war als je zuvor.

»Hallo, Sohn«, sagte sein Vater mit Rührung in der Stimme. »Ich freue mich, dich wiederzusehen.«

Seine Mutter nahm ihn mit in die Küche und stapelte Essen vor ihm auf, das einen Stoßtrupp nach dem Einsatz satt gemacht hätte. Sein Vater setzte sich ihm gegenüber, trank schwarzen Kaffee und sah ihm zu.

»Warte, bis du Mary wiedersiehst«, bemerkte seine Mutter.

»Jungfrau oder Königin?«

»Hör mit den Dummheiten auf. Ich habe dir doch geschrieben, daß eine nette Familie mit einer noch netteren Tochter unsere Nachbarn geworden sind. Sie ist wirklich sehr nett – und furchtbar neugierig auf dich. Mary ist ein feines Mädchen, Johnnie. Nur ein Jahr jünger als du. Eine feine junge Frau«, wiederholte sie. »Eine Frau zum Heiraten.«

»Dieses war der zweite Streich.«

»Was?«

»Diese Sorte zum Heiraten ist die übelste Sorte netter Mädchen, die es gibt – und ich habe mich bereits entschieden, daß ich nicht mit ihr zusammentreffen möchte.« Er lächelte, während er das sagte, aber es war ihm ernst damit. Er wußte genau, wie diese Mary aussah: einigermaßen hübsch, verkniffenes Gesicht und blaßfarbene Augen.

»Und du wirst sie kennenlernen, das ist endgültig! Ich gebe eine Heimkehrer-Party für dich am Samstag abend, und sie ist eingeladen.«

»O Mutter«, seufzte er.

»Ich erwarte, daß du nett zu ihr bist. Warum willst du sie dir nicht ansehen, bevor du dir ein Urteil bildest?«

»Okay, ich werde es tun.« Er sah auf seine Uhr. »Es ist noch früh, und ich möchte einen Spaziergang durch die Stadt machen, ehe ich ins Bett gehe.«

Seine Mutter sah enttäuscht drein. »Aber es ist doch dein erster Abend zu Hause, Sohn.«

»Laß doch den Jungen in Ruhe, um Himmels willen. Man hat drei Jahre lang auf ihn geschossen, und du solltest verstehen, daß er wieder einmal durch eine friedliche Stadt gehen will.«

Johnnie war seinem Vater noch nie so dankbar gewesen wie jetzt. Er ging bis zum Drugstore, wo er als kleiner Junge so viel Limonade getrunken hatte, daß ein Pferd daran erstickt wäre. »Was darf es sein?« fragte eine weibliche Stimme. Als er aufsah, konnten beide vor Staunen nichts sagen. Er erholte sich zuerst.

»Mensch, Faye!« Das Mädchen auf der anderen Seite der Theke war bestimmte Faye, aber nicht mehr jene Faye, mit der er die schöne Kunst der körperlichen Liebe gelernt hatte. Sie hatte nach allen Seiten beachtliche Kurven angesetzt.

»Johnnie! Mein Gott, Johnnie! Wann bist du denn zurückgekommen? Nein, ich möchte es gar nicht wissen! Wenn du länger als einen Tag in dieser Stadt bist, ohne mich – «

»Nichts zu machen, Allerschönste. Bin erst zwei Stunden da.«

»Auch wenn dies nicht wahr sein sollte, so höre ich es doch gern. Ein wunderbarer Zufall, daß du mich so schnell getroffen hast!«

»Von wegen Zufall! Ich habe so lange herumgefragt, bis ich herausbekommen habe, wo du arbeitest!«

»Warum warst du dann so überrascht?«

»Ich war doch nicht deshalb überrascht, weil ich dich getroffen habe, sondern darüber, was aus dir geworden ist.«

»Möchtest du eine Cola«, sagte sie etwas verlegen. »Oder etwas anderes?«

»Etwas anderes.«

»Ich sollte eigentlich nicht einmal mehr mit dir reden, nachdem du auf meine vielen Briefe keine Antwort gegeben hast.«

»Versteh das doch – ich hatte genug damit zu tun, den Kugeln auszuweichen. Und das, was ich dir gern schreiben wollte, wäre sowieso niemals durch die Zensur gekommen.«

Nun wurde sie tatsächlich rot. Sie griff in eine der Brusttaschen ihrer engsitzenden Bluse, langte zu ihm hinüber, und er hatte einen Schlüssel in seiner Hand.

»Meine Mutter ist letztes Jahr gestorben. Ich wohne immer noch im selben Haus. Allein.«

Das alte Haus sah genau noch so baufällig aus wie früher. Innen waren allerdings neue Vorhänge und ein neuer Stuhl. Er zog Hemd, Hose und Schuhe aus, holte sich ein Bier aus dem Kühlschrank. Sie war früher da, als sie versprochen hatte. »Ich habe mir frei genommen«, sagte sie. »Habe dem

Chef gesagt, daß ich mich nicht wohl fühle.« Sie kam zu ihm, er saß auf dem neuen Stuhl und zog sie auf seine Knie. Sie fühlte sich nun viel schöner an als früher, nicht mehr so knochig wie das Mädchen, mit dem er geschlafen hatte, bevor er eingezogen wurde. Sie küßten sich, und er bemerkte, daß sie einiges dazugelernt hatte. Sie stieß ihre heiße Zunge in seinen Mund; sie schmeckte nach Lakritze und Schokolade, recht angenehm.

»Ich will mich erst waschen«, sagte sie.

»Du bist mir sauber genug«, hielt er sie zurück.

Er stand auf und zog sie zum Schlafzimmer. Es war das gleiche Bett, in dem ihre Eltern geschlafen hatten. Er zog sich vollends aus. Sein Kleiner war noch nicht steif, aber auch nicht mehr schlaff. Faye lachte darüber, aber es klang irgendwie atemlos. Sie zog sich schneller aus, als er es sich vorstellen konnte. Er nahm sie in die Arme, und sie küßten sich wieder. Johnnie setzte sich auf das Bett und wollte sie zu sich herabziehen, aber sie wehrte ihn ab.

»Du brauchst dich bloß hinzulegen. Die kleine Faye macht schon alles. Ich habe einige hübsche Tricks gelernt, seit du weg warst, und ich bin ganz verrückt darauf, sie dir zu zeigen.«

Er legte sich zurück und wartete auf sie. Er lag ganz vorne, und sie kniete sich neben das Bett. Ihre Hände, weich, schlank und kühl, umfaßten sein Kerlchen, und er konnte einen leisen Schrei vor lauter Lust und Überraschung nicht unterdrücken. Er spürte ihren Atem an der Spitze und dann, wie sie kleine Küsse darüber verteilte. Sein Jüngchen wurde nun hart, so hart, daß man Löcher in Leder hätte damit stanzen können.

Faye sah zu ihm auf und grinste zufrieden. Sie beugte sich nach vorn und küßte seine Süßen nochmals, ganz leicht, berührte ihn aber mit der Zunge. Dann umfaßte sie die Spitze mit ihren Lippen, ließ ihn zart die Zähne spüren. Johnnie konnte nicht mehr ruhig liegen, er stöhnte fast ununterbrochen. Plötzlich öffnete sie ihren Mund weiter und ließ sein Glied ganz hineinschlüpfen. Johnnie wußte nicht, daß er seine Hände zu Fäusten schloß und sie wieder öffnete – zu – auf – zu – auf . . .

Und dann begann sie mit der Zunge ihr Reizspiel. »Ja, Baby! Jaaa! Jaaa!« rief Johnnie, als er sich der Ekstase mehr und mehr näherte. Und dann erreichte er den Höhepunkt, einen herrlichen, befreienden Orgasmus. Für Minuten danach konnte er nicht mehr sprechen, lag er nur schweratmend da. Langsam erholte er sich.

»Verdammt noch mal!« sagte er. »Du hast tatsächlich einiges dazugelernt!«

Sie zündete zwei Zigaretten an und gab ihm eine davon.

»Und mit dem Rauchen hast du auch angefangen?«

»Warum nicht? Ich habe mir einen guten Zug angewöhnt!« lachte sie zweideutig.

»Und einen guten Sinn für Humor«, mußte auch er lachen. »Komm leg dich zu mir.«

Sie kletterte über ihn hinweg und kuschelte sich in seine Armbeuge, weich und warm, nett. Sie redeten über alte Zeiten. Schließlich stand er auf und zog seine Unterhose an. »Willst du schon gehen?« Sie hatte sich im Bett aufgesetzt und sah im gedämpften Licht der Nachttischlampe so begehrenswert aus, daß er beinahe wieder zu ihr gekommen wäre.

»Ich muß, Baby.«

»Glaubst du nicht, daß du mir, den beiden da oben und der Süßen dort unten, etwas schuldest?«

»Das ist eine Schuld, die ich nicht zu bezahlen vergessen

werde, Liebling. Ich habe aber meinen Eltern gesagt, daß ich nur einen kurzen Spaziergang machen werde, und kann deshalb nicht die ganze Nacht wegbleiben. Sei vernünftig, bitte.«

»Vergiß nicht, mir den Schlüssel dazulassen.«

»Nimm du den Ersatzschlüssel und laß mir diesen.«

Johnnie hatte sich inzwischen angezogen und nahm nun wieder seinen Geldbeutel heraus. »Faye, ich weiß nicht, in welcher Lage du – «

Sie sah ihn verständnislos an, dann sprühten ihre Augen vor Zorn. »Bis jetzt ist es noch nicht so weit, daß ich Geld dafür nehme, wenn ich mit einem Mann ins Bett gehe!«

»Okay, Liebes. Ich wollte dich nicht beleidigen.«

»Nicht beleidigen, du Idiot. Schon an so was zu denken war gemein – so lange wir noch so zueinander stehen!«

»Ich habe dir doch gesagt, daß es mir leid tut. Ich war eben zu lange weg. Drei Jahre im Krieg sind eine lange Zeit.«

»Okay. Bloß denke nur nicht, daß ich billig bin, nur weil ich das vorhin für dich gemacht habe. Ich gehe nur mit Männern ins Bett, die ich mag. Je mehr ich sie mag, desto heißer bin ich.«

»Und in meinem Fall?«

»Ruf mich an, wenn du mich haben willst.«

Er sah sie überrascht an. »Danke, Faye. Ich glaube, das gehört mit zu dem Nettesten, was ich je gehört habe.«

Ihre Augen glänzten.

»Du bist ein sehr liebes Mädchen, Faye.«


Ab halb acht kamen die ersten Gäste. Meist Leute, an die er während der letzten drei Jahre überhaupt nicht gedacht hatte. Es war ein wenig später, als er das Mädchen sah. Er hätte beinahe seinen Drink verschüttet. Sie war ein sehr, sehr schönes Mädchen. Sie trug ein einfaches schwarzes Kleid, das ihren

Körper umschmeichelte, wie es ein Mann gern getan hätte. Sie war schlank, graziös und wohlproportioniert. Ihr Gesicht paßte genau zu ihrer Figur. Schön geformt, mit einer geraden Nase und pechschwarzen Augen, mit denen sie unschuldig und doch lebhaft in die Welt sah. Nur etwas fiel bei ihrer ganzen Erscheinung aus dem Rahmen, und das waren ihre Brüste. Sie stießen gegen ihr Kleid, als drängten sie hinaus in die Freiheit.

Sie bemerkte, daß er sie anstarrte, und nachdem sie einen Augenblick versucht hatte, ihn zum Wegsehen zu zwingen, errötete sie und sah auf das Glas Bowle hinunter, das sie in der Hand hatte.

Johnnie ging zu ihr hin. »Hey«, sagte er, »ich bin der Ehrengast.«

»Ich weiß.« Er hatte sich nicht vorstellen können, daß ihre Stimme genauso hübsch klang, wie sie selbst aussah. Sie war tief und etwas rauh und eine Mischung aus Unschuld und Lebhaftigkeit wie ihre Augen. Sie machte, daß es Johnnie heiß und kalt überlief.

»Ich weiß, daß wir einander nicht vorschriftsmäßig vorgestellt worden sind, aber jeder weibliche Gast hat mich zur Begrüßung geküßt. – Meinen Sie nicht, daß Sie das auch tun sollten?«

»Oh, ich weiß nicht – «

»Ich bin ein Vietnam-Veteran, habe drei Jahre lang damit zugebracht, Moskitos zu zerquetschen und Kugeln auszuweichen.«

Sie lachte. »Wenn das sooo ist – «

Er beugte sich zu ihr hinunter, hielt ihr seine Wange hin. Gerade in dem Moment, als sie sich etwas reckte, um einen flüchtigen Kuß darauf zu drücken, wandte er ihr blitzschnell sein Gesicht zu. Er schaffte es nicht ganz genau, aber beinahe: Der Kuß landete auf seinem Mundwinkel. Das Mädchen wurde rot und fuhr zurück.

»Sie sind nicht fair«, sagte sie verwirrt.

»Nein, meine Dame, nicht, wenn es sich lohnt.«

»Gut«, hörte er seine Mutter neben sich sagen, »ich sehe, daß ihr euch schon miteinander bekannt gemacht habt.« Er drehte sich nach ihr um und starrte ihr sprachlos ins Gesicht. Dann sah er mit aufgerissenen Augen das Mädchen an.

»Mein Gott, Sie sind also das ›nette Mädchen von nebenan‹!«

Sie lief wieder rot an. »Ich befürchte es fast.«

»Ich hätte es eigentlich wissen müssen. Meine Mutter täuscht sich selten. Wir sollten uns tatsächlich näher kennenlernen. Es muß doch irgendwo ein stilles Plätzchen geben, wo ich Ihnen mit meinen Qualitäten imponieren kann.«

»O nein, ich glaube, daß es nicht – «

»Aber ich glaube, daß es eine gute Idee ist«, sagte Johnnies Mutter.

»Und ich auch«, bekam sie Schützenhilfe von einer kleinen, dunklen Frau, so um die Vierzig. Sie war gepflegt und schön, eine ältere Ausgabe von Mary.

»Sie sind überstimmt«, sagte Johnnie und legte einen Arm um ihre schmalen Schultern. Er meinte zu spüren, daß sie das mochte.

»Es ist eine schöne, warme Nacht«, sagte Johnnies Mutter. »Warum geht ihr denn nicht eine Weile miteinander auf die hintere Terrasse?«

Johnnie führte sie hinaus, und sie setzte sich und er sich daneben, so dicht es ging. Er konnte ihre Hüfte an seiner spüren. Sie sah unbehaglich drein.

»Meine Mutter hat mir erzählt, daß Sie direkt nebenan wohnen, Mary.«

»Das stimmt.« Sie hob ihr Glas an die Lippen, und ihr Arm streifte Johnnie. Als sie ihren Arm herunternahm, tat sie es so, daß sie ihn nicht mehr berührte.

»Meine Mutter hat mir weiter erzählt, daß Sie ein außergewöhnlich nettes Mädchen sind.«

»Das ist sehr nett von ihr, aber ich bin nur ein gewöhnliches Mädchen, das versucht, anständig zu sein.«

»Sie sind genauso ein gewöhnliches Mädchen, wie die Atombombe eine gewöhnliche Waffe ist.« Er lehnte sich zu ihr hinüber und schüffelte an ihrem Haar. »Und gut riechen tun Sie auch.«

»Johnnie, bitte sagen Sie nicht solche Sachen. Sie bringen mich ganz durcheinander.« Sie wollte aufstehen, aber er zog sie an ihrem Arm wieder hinunter.«

»Es tut mir leid«, sagte er mit seinem besten Kleine-Jungen-Grinsen. »Ich sage nichts Persönliches mehr.«

»Wir sollten aber trotzdem jetzt wieder zu den anderen zurückgehen.«

»Bitte, gehen Sie nicht hinein«, sagte er mit ernster Stimme. »Es tut mir ehrlich leid. Ein Kerl wie ich treibt sich einige Jahre in der Welt herum und vergißt dabei, daß es auch richtig nette, anständige Mädchen gibt. Wenn er dann ein Mädchen trifft, von dem er möchte, daß sie ihn mag, kennt er nicht mehr die richtige Art, wie er ihr das sagen soll.«

»Ich weiß nicht, ob ich glauben soll, daß Sie das auch ehrlich meinen«, sagte Mary.

»Warum nehmen Sie es nicht wenigstens mal an, bevor Sie nicht das Gegenteil herausfinden?«

»Weil ein Mädchen auf diese Art und Weise in Schwierigkeiten kommen kann.« Sie sah ihn dabei nicht an.

»In welche Schwierigkeiten könnten Sie denn kommen,

wenn nur wenige Meter entfernt vierzig Leute im Haus sitzen?«

»Also gut«, sagte sie und lehnte sich zurück. Johnnie hatte inzwischen seinen Arm auf die Rückenlehne der Couch gelegt, auf der sie saßen. Sie spürte es. »Nun sehen Sie, Johnnie« – begann sie. Er lachte und zog seinen Arm weg. »Okay, okay, Sie werden es einem Mann doch nicht übelnehmen, wenn er es versucht – oder?«

»Sie haben versprochen, so nicht mehr zu reden!«

Johnnie wurde ärgerlich. »Verdammt noch mal, Mary, wie reden denn sonst die Männer mit Ihnen? Ich habe noch nie eine Frau erlebt, die beleidigt war, wenn ihr ein Mann sagte, daß sie schön sei!«

Er wandte sich ein wenig von ihr ab, war richtig verbittert. Er spürte eine Hand, weich und warm, auf seinem Arm. »Nun tut es mir leid. Ich benehme mich wie eine Närrin. Es liegt aber nur daran, daß ich möchte, daß Sie mich mögen – deshalb übertreibe ich.«

»Meinen Sie das wirklich so?« Er wandte sich ihr wieder zu. »Mit dieser Bemerkung haben Sie den ganzen Abend für mich gerettet – was sage ich – den ganzen Monat, vielleicht das ganze Jahr.«

Mary sah ihn einen Augenblick an, dann streckte sie plötzlich ihren schlanken Körper und küßte Johnnie. Es war kein leidenschaftlicher Kuß, aber es war auch kein so keuscher Kuß, wie sie ihm vorher einen geben wollte. Sie legte ihre Lippen auf seine und ließ sie dort lange Zeit. Gerade als er sich von seiner Überraschung erholt hatte und sie in den Arm nehmen wollte, zog sie sich von ihm zurück.

»Das ist für heute der ganze physische Kontakt, Johnnie. Und du mußt wissen, daß ich das zum ersten Mal mit einem Mann gemacht habe, den ich weniger als drei Monate kenne.

Ich habe einen meiner eisernen Vorsätze wegen dir gebrochen. Du solltest wissen, daß ich dich mag. Nun müssen wir aber wirklich wieder hinein.«

Sie erhoben sich. Er stand dicht vor ihr, und sie sah mit großen dunklen Augen zu ihm auf. Und plötzlich hatte er sie in seinen Armen und küßte sie. Dieses Mal war der Kuß entschieden erotischer als vorher. Sie verschmolz mit ihm, warm und wunderbar in seinen Armen. Dann war der Kuß zu Ende, aber er hielt sie immer noch dicht an sich gepreßt. »Johnnie, weiter dürfen wir nicht gehen. Ich meine das so. Bitte, Liebling.«

Aber Johnnie drückte sie wieder auf die Couch hinab, diesmal legte er sie jedoch der Länge nach hin. Nur ihre Beine hingen über die Kante herab. Er legte sich auf sie, preßte sie in die staubigen Polster. Sie stöhnte und versuchte, ihn wegzustoßen, aber er war an die fünfzig Kilo schwerer als sie. Er fuhr mit seinen Lippen leicht über ihr ganzes Gesicht, und ihr Atem wurde schnell und flach. Er merkte, wie die Hitze des Verlangens in ihrem Körper größer wurde; sie wand und drehte sich unter ihm, teilweise, um ihm zu entkommen, aber auch schon teilweise vor Leidenschaft. Er konnte feststellen, daß es leicht war, sie zu erregen. Er griff hinunter bis zu den Rüschen ihres Cocktailkleides und zog es hinauf, bis er unter den Saum fassen konnte. Er erblickte die schönsten Beine, die er je gesehen hatte. Er strich mit seinen Fingern darüber und spürte die Weiche und Glätte ihrer Haut durch die dünnen Nylons hindurch.

»O Johnnie, bitte ... wir dürfen doch nicht ... wenn jemand hier herauskommt.«

Er preßte seinen Mund auf ihren, so daß sie nicht mehr sprechen konnte. Seine Zunge schlüpfte zwischen ihre Lippen und umspielte ihre – und dann waren plötzlich ihre Arme um seinen Hals, zogen ihn zu sich herunter.

Ihr Kleid war vorne geknöpft, und er öffnete es mit schneller und ruhiger Geschicklichkeit. Der Stoff klaffte bald unter dem Druck ihrer Brüste weit auseinander. Er fuhr mit einer Hand unter den Büstenhalter und fühlte ihre feste Erhebung und die kleine, harte Brustknospe unter seinen Fingern.

»John! Geh weg!«

Ihr Schrei schockte ihn und ließ ihn befürchten, daß jemand sie gehört haben könnte. Er ließ sie los und sah, daß sie weinte. Sie setzte sich auf und zog ihr Kleid hinunter, drehte ihm den Rücken zu und nestelte für einen Moment an ihrem Büstenhalter, dann machte sie ihr Kleid zu.

»Ich sollte dich in Streifen zerreißen, weil du dir das erlaubt hast«, sagte sie.

»Und warum hast du es nicht gleich gemacht?« Seine Stimme war rauh vor enttäuschtem Verlangen.

»Weil es nicht fair von mir gewesen wäre.«

»Das begreife ich nicht.«

»Es wäre deshalb nicht fair gewesen, weil, ganz egal, wie sehr ich mich auch zusammennahm, ich es doch nicht gewollt habe, daß du aufhörst!« Sie brach wieder in Tränen aus und rannte davon.

Johnnie blieb noch lange Zeit auf der Terrasse sitzen und schimpfte vor sich hin. »Verdammtes, verklemmtes Weib! Prüdes, blödes Frauenzimmer – liebes, nettes Mädchen!« Er versuchte, an etwas anderes zu denken, damit seine Erektion nachließ und er wieder hineingehen konnte, ohne die Frauen zu Ohnmachtsanfällen zu bringen.

»Wo ist Mary?« fragte seine Mutter ganz nebenher, als er ins Wohnzimmer zurück kam.

»Sie hat sich nicht ganz wohl gefühlt«, antwortete er nervös.

Es dauerte lange, bis das Haus leer war. Johnnie wartete geradezu darauf, daß die Party ihrem Ende zuging, wollte es aber nicht gar zu offensichtlich zeigen. Als der letzte Gast gegangen war, ging Johnnie sofort zu dem Wandschrank und holte seinen Mantel.

Seine Mutter kam hinter ihm her. »Wo willst du denn noch hingehen?« fragte sie.

»Fort. Nur so. Okay?«

»Du bist ein erwachsener Mann und kannst gehen, wohin und wann du willst, aber ich hätte gern etwas mit dir besprochen.«

»Hat das nicht Zeit bis morgen? Ich muß noch etwas erledigen, was ich nicht aufschieben kann.«

»Jetzt? Um Mitternacht?«

»Ganz egal, wann.«

Er ging zur Tür hinaus und schnell den Gartenweg entlang. Es war nur eine Meile, aber es schienen ihm zehn. Das Haus war unbeleuchtet, und er hoffte, daß sie allein war. Er öffnete die Tür mit seinem Schlüssel und schloß hinter sich ab. Als er durch das Wohnzimmer ging, knarrten die Dielen laut, und er überlegte, ob er die Schuhe ausziehen sollte. Aber er hatte es ja nicht eilig und außerdem war er doch kein unerwünschter Besucher.

Er setzte sich auf die Bettkante und blickte auf das Mädchen hinunter. Ihre Haare lagen auf dem Kissen um ihren Kopf ausgebreitet, ihre nahezu bloßen Brüste hoben und senkten sich unter ihren gleichmäßigen Atemzügen. Das weit ausgeschnittene Nachthemd war dünn wie eine Spinnwebe, und er konnte im Halbdunkel ihre Knospen rosa hindurchscheinen sehen.

Plötzlich erwachte Faye und wollte sich aufsetzen. Es war Panik in ihren Augen, aber dann erkannte sie ihn und lächelte. Sie legte eine schlanke Hand auf ihr Herz.

»Mein Gott, Johnnie, hast du mich erschreckt! Bitte, mach in Zukunft mehr Lärm, wenn du kommst!«

Er sagte gar nichts, sondern schloß ihren Mund mit seinem. Seine Zunge erforschte ihren Mund, und sie legte ihre Arme um seinen Hals. Als er sich wieder aufrichtete, war sie atemlos.

»Huch, du gehst wirklich ran heute nacht, Liebling!«

»Ich brauche auf jeden Fall viel, wenn du das damit meinst.«

»Dann bist du am richtigen Ort, mein Schatz.« Sie rutschte zur Seite, um ihm Platz zu machen. Johnnie zog sich so schnell aus, wie er nur konnte, ließ einfach seine Kleider zu Boden fallen. In der Eile riß er einen Hemdknopf ab, der sich so schnell nicht öffnen lassen wollte. Sein Süßer stand wie ein Schwert von seinem Leib ab. Faye sah es und pfiff anerkennend, dann kicherte sie.

Er gab sich mit keinerlei Präliminarien ab, sondern legte sich sofort auf sie. Sie spreizte bereitwillig die Schenkel für ihn und war schon so feucht, daß er keine Schwierigkeiten hatte, in sie hineinzugleiten. Er begann gleich mit seinen Bewegungen. Erst langsam, dann immer schneller. Er spürte, daß er sich heute beim ersten Mal nicht lange würde beherrschen können. Bald wurde sein Atem auch schneller und flacher. Er keuchte. Faye merkte, wie es um ihn stand, und hielt den Rhythmus mit. Mit einem lauten Stöhnen verkrampfte er sich plötzlich und erreichte seinen Orgasmus. Irgendwie war er mit sich selbst nicht zufrieden. Es war zu schnell gegangen.

Dann lag er neben ihr und versuchte, wieder genug Luft in

seine Lungen zu bekommen. Auch sie atmete schwer, doch bei ihr klang das anders. Es war nicht der Atem der Erschöpfung, sondern der des unbefriedigten Verlanges.

»Es tut mir leid, Faye«, sagte er, als er wieder sprechen konnte. »Wirklich leid.«

»Wer war sie, Johnnie?«

Er wollte es zuerst weglügen, besann sich aber dann eines anderen. »Sie heißt Mary. Ihre Familiennamen kenne ich nicht. Sie wohnt –«

»Direkt neben euch. Ich weiß. Ich kenne sie schon lange, habe aber nicht gewußt, daß du auf den kuhäugigen Junfrauentyp fliegst.« Es war ein bitterer Ton in ihren Worten und eine gewisse Schärfe.

»Was soll denn das! Sie hat mir gefallen, und ich habe einen Versuch gestartet. Sie ließ mich machen, bis meine Hose rauchte, spielte dann die Beleidigte und rannte davon.«

»Deinem Zustand nach zu schließen, hat sie dich ganz schon angeheizt. Sie ist schön, nicht?«

»Sie ist ein engschenkliges kleines Biest, das ist sie!«

»Für meine Begriffe schimpfst du zu viel; sie hat dich am Haken – und das ganz fest. Selbstverständlich will sie dich auch, aber zu ihren Bedingungen.«

»Da wird sie verdammt lange warten müssen.«

»Bestimmt«, sagte Faye sarkastisch.

»Ich verstehe dich nicht. Da gibt es eine Dame, die es fertiggebracht hat, daß sich meine Hose ausbeult. Na und? Was ist da so Besonderes daran?«

»Mach es mit ihr, Johnnie, und zwar so schnell du kannst, weil du dich sonst plötzlich mit ihr vor dem Altar findest. Ich hab' das schon öfter erlebt. Was glaubst du wohl, was die armen Kerle vor den Altar bringt? Freudschaft? Liebe? Gutes

Essen? Nein! Es gibt nur zwei Gründe: das Ding zwischen den Mädchenbeinen, das sie entweder schon gehabt haben und immer wieder wollen oder das sie noch nie gehabt haben und unbedingt wollen.«

»Quatsch. Ich halte nichts vom Heiraten, und wenn ich es je doch tun sollte, dann nehme ich ein ehrliches Mädchen, wie du zum Beispiel eines bist, Faye.«

»Mach darüber bitte keine Witze, Johnnie. Es kann nämlich weh tun. Sogar einem Tramp wie ich einer bin.«

Er nahm sie in seine Arme und drückte sie an sich. »Es tut mir leid, Faye. Ehrlich.«


## ZWEITES KAPITEL

Er wachte daran auf, daß ihm die Sonne ins Gesicht schien, und fühlte sich schlaff und müde. Seine Eltern kamen von der Kirche zurück und fanden ihn, wie er unlustig in einem Teller mit Haferflocken herumstocherte. Sie wünschten ihm guten Morgen, dann zog sich sein Vater um und las die Sonntagszeitung. Seine Mutter setzte sich Johnnie gegenüber an den Tisch.

»Ich wollte heute früh mit Marys Mutter sprechen, aber sie gab mir keine Antwort.«

»Warum? Was hast du ihr getan?«

»Rede nicht so mit mir, Johnnie! Dazu ist jetzt nicht der richtige Moment.«

»Okay, dann will ich mich eben anders ausdrücken. Warum ist sie böse mit dir für etwas, was ich getan habe?«

»Du bist mein Sohn, es ist in meinem Haus passiert und unter Umständen, die ich herbeigeführt habe. Also wirft es auch ein schlechtes Licht auf deinen Vater und mich. Ganz besonders auf mich.«

»Okay. Ich rufe Mary heute an und entschuldige mich. Bringt das die Sache wieder in Ordnung?«

»Kaum. Aber eine Entschuldigung wäre wenigstens etwas. Ich bezweifle, ob sie überhaupt mit dir reden wird, deshalb wird es besser sein, wenn du ihr schreibst – und ein Dutzend Rosen könnten auch nicht schaden.«

»Okay, Mutter. Ein Dutzend Rosen und ein Entschuldigungsbrief.«

»Es war sehr schlecht von dir, so etwas mit einem Mädchen wie Mary zu machen. Und in diesem Haus. Du solltest dich wirklich schämen.«

»Also schäme ich mich auch noch.«

»Du nimmst das alles recht leicht, junger Mann. Ist dir nicht bewußt, daß du damit die ganze Familie beleidigt hast? Habe ich dich so schlecht erzogen?«

»O Mutter, hör doch mit diesem ermüdenden Gerede auf. Das hat vielleicht noch gewirkt, als ich siebzehn war, aber inzwischen bin ich etwas in der Welt herumgekommen. Von meiner Sicht aus ist das ganz anders. Mary ist ein sehr hübsches Mädchen, und ich habe in letzter Zeit nicht viele hübsche Mädchen um mich herum gehabt. Hübsche Mädchen gehören nicht mit zu der Ausrüstung, die einem Soldaten von der U.S.-Army zur Verfügung gestellt wird. Deshalb bin ich etwas scharf rangegangen. Mein Gott, glaubst du vielleicht, daß ich drei Jahre in der Armee war, ohne –« Er sprach es nicht ganz aus.

»Und das ist deine ganze Ausrede dafür, daß du dich wie ein Wilder benommen hast?«

»Ich brauche keine Ausrede. Ich habe es nur zu begründen versucht. Und was jetzt? Willst du es vor die Vereinten

Nationen bringen oder was? So wie Mary aussieht, hat sie doch bestimmt ähnliches schon oft erlebt.«

»Aber nicht so brutal wie letzte Nacht.«

Johnnie warf seinen Löffel in die aufgeweichten Haferflocken, verschüttete Milch auf das Tischtuch dabei. »Was hat sie gemacht? Hat sie ihrer verdammten Mutter die ganze verdammte Geschichte erzählt? Jede Einzelheit? Es ist zum Kotzen!«

»Johnnie! Benimm dich wenigstens mir gegenüber!«

»Ach, es ist aber doch so! Wenn sie ihrer Mutter alles so genau berichten konnte, dann muß es für sie selbst doch auch recht interessant gewesen sein.«

»Das stimmt nicht. Mary ist ein anständiges Mädchen –«

»Das habe ich schon mal gehört.«

»– und deshalb ist es ganz natürlich, daß sie ihrer Mutter über so einen Vorfall berichtet. Offensichtlich hast du es in den letzten Jahren nur mit Flittchen zu tun gehabt und deshalb vergessen, was ein anständiges Mädchen ist.«

»Selbstverständlich! Natürlich! Mary ist ein Juwel. Mary ist einmalig. Von mir aus kann sie sogar eine Heilige in Person sein. Und ich könnte in den Boden versinken, weil ich sie mit meinen unwürdigen Händen besudelt habe. Glaub mir, es wird nicht mehr vorkommen. Ich habe ab heute vor, ihren lilienweißen Leib nie mehr zu berühren!«

»Niemand hat behauptet, daß du es nicht wert bist, Mary zu berühren. Nur *wie* du es getan hast, das war nicht richtig. Mary ist die Art von Frau, die ein Mann zuerst vor den Altar nimmt, bevor er sie ins Bett nimmt.«

»Oh, der Preis ist mir zu hoch! Sie ist zwar hübsch, aber sooo hübsch nun auch wieder nicht!«

»Ich glaube nicht, daß dies Marys Herz brechen wird.

Sie bekommt in der Woche mindestens drei Anträge, mußt du wissen.«

»Und ich bedaure den Burschen, der sie einmal bekommt. Sie ist so kalt wie Eis.«

»Wirklich? Es ist noch keine Minute her, als du gesagt hast, daß sie leidenschaftlich sein muß, weil sie sonst ihrer Mutter nicht alles berichtet hätte, um es dabei nochmals zu erleben. Was stimmt also jetzt, mein Sohn?«

»Okay! Okay! Dann ist sie also auch noch Salome. Sie ist das Heißeste in der Stadt, und ihre Höschen sind immer am Dampfen; der glückliche Mann, der sie heiratet, wird die wunderbarsten Herrlichkeiten bekommen, die sie so lange Jahre nur für ihn aufgespart hat.«

Johnnies Mutter stand langsam auf und blickte auf ihn hinunter. »Du bist sehr roh geworden – und tust mir leid.« Sie wandte sich der Tür zu. Johnnie war schnell auf den Füßen.

»Hey, Mutter, warte. Bitte warte. Es tut mir leid.« Sie blieb stehen, und er ging um den Tisch herum zu ihr, legte seine Hände auf ihre Schultern. »Ich bitte um Entschuldigung, Mutter. Es ist nur, weil du dich ständig da einmischt. Ich bin inzwischen ein Mann geworden, der es gar nicht gern hat, wenn man ihm vorschreibt, wie er zu leben und zu lieben hat.«

»Vorzuschreiben wie du zu leben hast ist eine Sache, aber dir zu sagen, wie man einen Gast in seinem Haus behandelt, ist eine andere.«

»Ja, du hast recht. Du hast absolut recht. Und ich werde es so machen wie besprochen. Mit Rosen und allem. Und ich werde es auch mit ihrer Mutter wieder in Ordnung bringen. Aber du mußt mir dafür versprechen, daß du niemals wieder den Versuch unternimmst, Mary und mich vor den Pfarrer zu bringen. Ich möchte jetzt noch nicht heiraten. Vielleicht in vier oder fünf Jahren. Aber jetzt nicht. Okay?«

Er bestellte ein Dutzend Rosen. Der Blumenhändler gab ihm eine Karte dazu, und er hatte einige Schwierigkeiten, die richtigen Worte zu finden. Dann erinnerte er sich an den Rat Fayes, es so schnell wie möglich mit ihr zu machen. Bisher gab es noch kein Mädchen, das er nicht bekommen hatte, wenn er wollte. Mary sollte da keine Ausnahme werden. Also schrieb er: »Liebe Mary, ich bin im Schreiben von Entschuldigungen nicht sehr geübt, will Dir aber damit sagen, wie leid mir alles tut. Ich komme heute noch zu Dir, um mich persönlich zu entschuldigen, und ich hoffe, daß Du mich nicht abweisen wirst. Ich verspreche, daß ich mich ordentlich benehmen werde.«

Beim Verlassen des Ladens kaufte er nochmals zwölf Rosen. Für Marys Mutter. Er war bereit, für das von ihm gesteckte Ziel den Weg nach Canossa zu machen.

Er zog den Anzug an, den er sich in Japan maßschneidern ließ und ging zu Marys Haus. Er wunderte sich, weil er so aufgeregt war wie ein Jüngling bei seiner ersten Tanzstunde. Er läutete. Mary öffnete, hübsch und sauber in einem einfachen weißen Kleid. Sie sah ihn an, als ob sie nicht wußte, ob er nun Jack the Ripper war oder nicht. Aber sie bat ihn einzutreten. Sie setzten sich auf die Couch im Wohnzimmer, und er versuchte es diesmal nicht, sich ganz dicht neben sie zu setzen.

»Mary, ich möchte mich wegen letzter Nacht entschuldigen«, sagte er. »Ich hatte vielleicht zuviel getrunken, und – und ich war lange Zeit nicht mehr so nahe bei einem so hübschen Mädchen, wie du eines bist. Das hat mich überwältigt. Ich hoffe, du vergißt es, weil es nicht mein tatsächliches Ich war, was du da erlebt hast.«

»Ich weiß nicht, was ich davon halten soll. Für jemand, der nicht er selbst war, bist du aber sehr zielstrebig vorgegangen.«

»Oh, ich habe ja auch nicht behauptet, daß ich nicht viel Erfahrung hätte. Ich wollte damit nur sagen, daß ich mich einem solch anständigen Mädchen bisher nie auf diese Art und Weise genähert habe.«

Sie sah ihn zweifelnd an. Anscheinend glaubte sie ihm noch nicht. Obwohl sie es gern getan hätte. Johnnie wußte, wann ein Mädchen wegen ihm Feuer gefangen hatte, und er durfte annehmen, daß ihn Mary viel mehr mochte, als sie das vielleicht vor sich selbst zugab. Er entschied sich, diesen Vorteil auszunutzen.

»Mary, ich kann mich erinnern, daß es draußen vor der Stadt ein Gasthaus gibt, das das beste Ginger Ale der Welt ausschenkt. Ist das immer noch so?«

»Ja.«

»Also fahren wir doch da hinaus und lernen uns bei ein paar Gläsern von diesem guten Zeug besser kennen. Was hältst du davon?«

»Ich weiß nicht, was – «

»Natürlich nur dann, wenn deine Mutter mir jetzt traut. Ich könnte es ihr nicht übelnehmen, wenn sie's nicht tun würde.«

»Oh, ich glaube, sie nimmt es dir nicht mehr übel.«

»Großartig! Dann hole ich jetzt meinen Wagen und bin gleich wieder da.«

»Ja, ich weiß nicht – «

»Es dauert nur eine Minute. Ich werde hupen.«


Sie fuhren zu dem Gasthaus, und er erzählte ihr von seiner Zeit bei der Armee, schmückte seine Geschichte romantisch und dramatisch aus. Mary hörte seinen Märchen gespannt zu und schien recht beeindruckt.

Er hatte sie nicht mehr angefaßt, außer als er ihr beim Aus- und Einsteigen half. Es brauchte eine Menge Konzentration, nicht dauernd an ihre Reize zu denken und daran, was er nur zu gern mit ihr machen würde. Aber er beherrschte sich, so daß es ihm gelang, sein Glied auch unter Kontrolle zu halten. Er spielte seinen ganzen Charme aus, und als er sie darum bat, sie wiedersehen zu dürfen, sagte sie schnell zu.

Am nächsten Abend ging er mit ihr ins Kino, und am nächsten Tag lud er sie zum Essen ein. Es machte ihn fast verrückt, aber er schaffte es, seine Hände bei sich zu behalten. Dann fragte er sie, ob sie mit ihm zum Tanzen ginge. Außerhalb der Stadt war ein Kapellen-Wettstreit, und es versprach, eine tolle Sache zu werden; man würde trinken, und es gab viel einsames Land dort draußen.

Er holte sie um sieben Uhr ab. Sie hatte einen Minirock an und eine gelbe Bluse dazu, die überraschend tief ausgeschnitten war. Ihre Brüste standen weit vor und schaukelten auf provokative Weise. Sie errötete prompt, als sie bemerkte, wie intensiv er darauf sah.

Es gab eine Menge alter Freunde, Burschen, die an die Universität gegangen waren, lange Haare trugen und mit langbeinigen Minirockmädchen tanzten, die alle wie Mia Farrow aussahen. Den ganzen Abend über hatte er Mühe, seine Augen von Mary loszureißen und konnte nichts dagegen tun, als er einen Steifen bekam. Wenn sie tanzten, mußte er aufpassen, daß sie von dem Zustand in seiner Hose nichts bemerkte. Zuerst wollte sie nichts trinken, aber er schaffte es, daß sie sich als unerwachsen vorkam und deshalb doch noch mit einem Drink einverstanden war.

Nur mit einem aber. Johnnie ging an die Bar und steckte dem Barkeeper eine Zehndollarnote zu.

»Wenn sie unsere Drinks mixen, dann sind sie mit den stärkeren Sachen bei dem der Dame recht großzügig und gleichen Sie das bei meinem wieder aus.«

Der Barkeeper sah ihn unter schweren Augenlidern hervor an.

»Und wenn ich sie nicht dazu bringen kann, ein zweites Glas, zu trinken, dann schicken Sie ihr trotzdem eines und der Kellner soll ihr sagen, daß es auf Kosten des Hauses für das hübscheste Mädel im Saal sei oder etwas in der Art.«

»Ich weiß nicht, ob ich da mitmachen soll, Kamerad. Ich möchte mich nicht strafbar machen. Wie alt ist sie denn?«

»Zweiundzwanzig. Machen Sie sich so oder so keine Sorgen. Es soll nur ein kleiner Spaß werden.« Johnnie legte noch einen Zehner auf die Platte. Der Mann stopfte den Schein schnell in seine Tasche.

»Also werde ich für diese Zwanzig auch über diesen Spaß lachen«, sagte er.

Die Drinks kamen wenig später, und Mary nahm einen kleinen Probeschluck. »Mmmm. Schmeckt aber gut.« Johnnie war dem Mann an der Bar dafür dankbar, daß er gewitzt genug war, den scharfen Alkoholgeschmack zu überdecken. »Ich habe einen solchen Drink bisher noch nie gehabt«, sagte sie. Johnnie hob sein Glas, um ihr zuzutrinken.

»Trinken wir auf all die Dinge, die du noch nie gemacht hast«, sagte er. »Und darauf, daß du sie bald tust.« Sie sah ihn zweifelnd an, aber Johnnie behielt seinen unschuldigen Gesichtsausdruck bei.

»Gut, auch ich trinke darauf.«

Johnnie nahm einen ordentlichen Schluck, und Mary tat es ihm nach. Mit zwei weiteren großen Schlucken waren ihre Gläser leer.

»Trinken wir noch eins.«

»Oh, ich weiß nicht, ob ich soll.«

»Noch zwei«, bestellte Johnnie bei dem Kellner, der in wenigen Minuten zurück war. Er paßte sehr sorgfältig auf, daß er das richtige Glas vor Johnnie stellte. Mary trank ihr Glas womöglich noch schneller leer als das erste.

»Wie fühlst du dich?« fragte Johnnie.

»Einfach wunderbar.« Ihre Augen glänzten ein wenig mehr als vorher.

»Gut. Also trinken wir noch ein Glas.«

»Nein, Johnnie. Ich habe jetzt genug und bin es auch nicht gewöhnt.«

»Ganz wie du es wünscht.« Er sah zum Barkeeper hinüber und nickte leicht. Innerhalb kurzer Zeit war der Kellner mit dem Drink für Mary da.

»Mit den besten Wünschen des Hauses, meine Dame«, sagte er. »Für das hübscheste Mädchen im Lokal.«

»Das ist so üblich«, log Johnnie gewandt dazu. »Es wäre eine Beleidigung, wenn du das nicht trinken würdest.«

Sie mußte aber nicht sehr gedrängt werden. Sie nahm das Glas und trank davon. Johnnie bestellte sich auch noch etwas. Wie bisher schmeckte sein Drink nach Cola mit Cola.

Damit war es kurz vor Mitternacht geworden, und er ging mit Mary hinaus auf den Parkplatz und half ihr in seinen Wagen. Es war eine wunderbare Nacht mit einem schönen Sternenhimmel und einem wie ein Lampion am Himmel hängenden Vollmond. Mary stolperte ein wenig, als sie einstieg.

»Wohin fährst du mich jetzt?« fragte sie ihn, als sie auf dem Highway fuhren. Ihre Stimme klang gar nicht beunruhigt.

»Nur zu einem kleinen Platz, wo ich immer als Junge zum Angeln war. Den möchte ich dir gern zeigen.«

»O Johnnie, das sollten wir nicht. Es ist Zeit, um nach Hause zu gehen.«

»Es ist nur ein kleiner Umweg, und ich fahre dich sofort nach Hause, wann immer du es willst.«

»Ehrliches Versprechen?«

»Ganz ehrlich.«

Es war ein Angelplatz, aber er hatte dort in seinem ganzen Leben noch nie gefischt. Er hatte diesen Platz entdeckt, als seine Freundschaft mit Faye begonnen hatte und er einen versteckten Ort brauchte, wo er es mit ihr machen konnte. Und einen solchen Ort brauchte er jetzt auch.

Er parkte das Auto und machte leise Musik im Radio. Mary lehnte sich in ihrem Sitz zurück und lächelte ihn an. Johnnie rutschte zu ihr hin und legte einen Arm um ihre Schultern. Er hielt sie eng an sich, und sie fand das sehr schön. Sie legte ihren Kopf zurück, weil er sie küssen sollte. Es überraschte ihn zwar, aber er folgte dieser Einladung gern, beugte sich über sie und legte seinen Mund auf ihre Lippen. Sie hatte einen keuschen Kuß vorgehabt, aber er stieß seine Zunge in ihren Mund und fuhr damit einmal über ihre. Nach einem kurzen Schock legte sie eine Hand auf seinen Hinterkopf und erwiderte seinen Kuß leidenschaftlich. Johnnie legte beide Arme um ihren biegsamen, warmen Leib und zog sie näher an sich heran. Er küßte sie ein zweitesmal, erotischer, und es sah für einen Moment so aus, als ob sie ihn wegstoßen wollte. Aber die Drinks hatten sie nachgiebiger gemacht, und sie erwiderte den Kuß

mit der Leidenschaft, die eine viel zu lange Jungfräulich-
keit hervorruft.

Wie zufällig legte er eine Hand auf ihren Schenkel,
spürte die volle Rundung. Entweder hatte sie seine Hand
nicht bemerkt oder es war ihr egal, was er machte. Er
wurde mutiger, ließ die Hand bis zum Knie gleiten. Von
dort fuhr er wieder aufwärts, brachte dabei den Minirock
mit nach oben. Da aber unterbrach sie den Kuß und prote-
stierte.

»Johnnie, bitte, ich – «

Er unterbrach sie mit einem weiteren Kuß. Dann ließ er
seine Lippen über ihr Gesicht, ihren Hals und über ihre
bloße Schulter wandern. Er spürte, wie sich ihre Ver-
krampfung wieder löste. Johnnie hatte genug Erfahrung
mit Frauen, um zu wissen, daß er sie nun da hatte, wo er
sie haben wollte, wenn er jetzt nur nicht den Kopf verlor.

Der Rock kam wieder ein paar Zentimeter weiter nach
oben. Als er seine Hand mehr an die Innenseite ihrer
Schenkel gleiten ließ, fühlte er die Hitze ihrer Haut durch
die dünnen Nylons hindurch. Sie wand sich ein wenig, und
er küßte ganz kurz die Spitzen ihrer Brust. Ein Stöhnen
kam aus ihrem Mund. Er streichelte ganz sanft ihre Beine,
und mit der freien Hand machte er sich am Reißverschluß
des Rocks zu schaffen. Er klemmte ein paarmal, aber
Johnnie brachte ihn doch hinunter. Er ließ seine Hand von
oben in den Rock schlüpfen, war direkt auf der warmen
Haut. Sie stöhnte wieder. Johnnie zog die Bluse von ihren
Schultern und ließ sie herabfallen. Die Hand, mit der er
den Reißverschluß geöffnet hatte, stahl sich hinter sie und
umfaßte ihren Nacken, ging hinunter, hinein in ihren Büstenhalter. Als er ihre Brust spürte, mußte er sich sehr beherrschen, um nicht doch noch alles zu verderben, weil er

zu hastig vorging. Als sie seine Finger auf der Brustwarze spürte, setzte sie sich jäh ganz gerade auf.

»Nein, Johnnie, nein.« Er lachte und fuhr damit fort, die Brustspitze mit den Fingerspitzen zu reizen. Sie wurde groß und hart unter dieser Liebkosung. Ein wunderbarer Schauer überflog ihren Körper. »Nein, Johnnie, bitte tu's nicht, Liebling.« Johnnie gratulierte sich selbst. Ein Mädchen, das wirklich zornig war, nannte den Mann nicht Liebling.

Er nahm erst eine Brust aus dem Büstenhalter, dann die andere. Der trägerlose Halter rutschte auf ihre Taille hinunter. Sie lehnte sich immmer noch im Sitz zurück, und ihre Augen waren verschleiert vor Verlangen, aber noch gemischt mit bittender Abwehr. Johnnie beugte sich nach vorne und legte seinen Mund auf eine Brust. Er strich leicht mit der Zunge darüber, reizte die Brustwarze in noch größere Steifheit. Er spürte, wie sich der grazile Körper unter ihm vor Entzücken wand, wie das Verlangen in ihm immer größer wurde, und in seiner Erregung konnte er sich noch darüber freuen, daß er die jungfräuliche Mary in diesen Zustand versetzen konnte.

Seine Hand glitt über ihren Bauch und damit unter das Gummiband ihres Höschens. Er spürte, wie sie unter dieser Berührung erneut erschauerte. Dann aber wollte sie sich ihm mit einem Ruck entziehen. »Nein. Johnnie, das darfst du nicht! Wir dürfen das nicht!« Seine Finger waren in ihren krausen Schamhaaren, streichelten ihren Schoß, bis er merkte, wie sie immer feuchter wurde. Marys Beine öffneten sich ein wenig, gaben ihm mehr Spielraum, und seine Hand ging weiter zu ihren Schenkeln, streichelten sie dort, ließen ihre Leidenschaft mehr und mehr wachsen. Ihr Körper war nun weich und ohne Widerstand, kam ihm mehr entgegen, als er sich widersetzte. Johnnies Hand schlüpfte unter ihren

Po, hob ihn ein wenig vom Sitz ab, damit er ihr Höschen hinunterziehen konnte.

Plötzlich schnellte sie sich von ihm weg. Er hob überrascht den Kopf und sah, daß sie ihn mit einem Gesichtsausdruck anstarrte, als ob ihr auf einmal klar geworden sei, was sie tat, wie weit er sie gebracht hatte. Sie stieß die Wagentür auf und sprang hinaus, hielt dabei ihren Minirock vor ihre nackten Brüste.

»Du hast es mir versprochen«, beschuldigte sie ihn halb hysterisch. »Du hast es mir versprochen!«

»Und ich habe mein Versprechen gehalten«, sagte er. »Du hast mich bis jetzt nicht darum gebeten, daß ich dich nach Hause fahren soll.« Sie drehte sich um und rannte davon, hielt ihren Rock mit beiden Händen vor ihre tanzenden Brüste. Johnnie lachte heiser, stieg aus und folgte ihr. Er holte sie leicht ein und hielt eine Zeitlang den gleichen Abstand, lachte immer noch. Ihre Rennerei war wirklich zu dramatisch. Sie waren über eine Meile vom Highway entfernt und sie hatte keine Chance, ihn zu erreichen. Er entschied sich dafür, daß er sie laufen ließ, bis sie erschöpft war. Das würde den Rest noch einfach machen. Nach zweihundert Metern konnte sie fast nicht mehr, und er dachte, daß es Zeit sei, dieser kindischen Lauferei ein Ende zu machen; zu müde wollte er sie auch nicht haben. Er lief dicht hinter sie und ergriff sie bei den Armen. Der plötzliche Ruck machte, daß sie den Minirock losließ, der auf den Boden fiel. Sie ließ sich schwer atmend neben ihn sinken. Johnnie war sofort bei ihr. Sie wand sich lustvoll unter seinen geschäftigen Händen, die neben Streicheln und Liebkosen nicht vergaßen, ihr das Höschen auszuziehen.

In einer einzigen Bewegung streifte er seine Hose und Unterwäsche hinab. Dann legte er sich über sie. Sie wehrte sich kaum noch, wollte es sicherlich gar nicht mehr wirklich. Johnnie Süßer war hart und groß. Er zwängte ein Knie zwischen ihre Schenkel, schob sie auseinander. Er nahm eine ihrer Hände, legte sie um seinen Penis.

»Nein, Johnnie, oh, bitte nein!« keuchte sie, ließ aber ihre Hand, wo er sie hingelegt hatte. Nachdem er mit seinen Lippen noch eine Weile auf ihren Brüsten gewesen war, nahm er ihre Hand von seinem Kerlchen, um zu vollenden, was er so gut vorbereitet hatte. Dann bewegte er sich weiter, und sie entspannte sich ein wenig. Er stieß weiter vor, und auf einmal waren ihre Arme um ihn, die ihn näher an sie heranzogen, kraftvoll festhielten. Sie stieß in jäh hervorbrechender Leidenschaft kleine Schreie aus. Er nahm sich zusammen und bewegte sich in einem steten, gleichmäßigen Rhythmus. Erst lag sie ruhig unter ihm, dann machte sie instinktiv die von ihrem Körper verlangten Bewegungen mit. Sie bäumte sich seinen Stößen entgegen, gab ihm so alle Lust, die er sich erträumt hatte, seit er dieses Mädchen zum ersten Mal traf. Mit vollem Bewußtsein genoß er die Weiche ihrer Schenkel an seinen, die warme Rundung ihres Leibes. Er konnte sie riechen; eine Mischung aus Parfüm, Schampoon, Schweiß und ihrer weiblichen Säfte. Sie keuchte und stöhnte, und ihre Arme umschlangen ihn immer fester, je näher sie dem Höhepunkt kam. Und dann packte der Orgasmus beide, und er war erstaunt, daß sie gemeinsam dieses Glück erlebten. Es war beinahe zuviel der Lust, die sie durchraste, und ihre Körper waren eins in den Bemühungen, das letzte von dieser wundervollen Lust zu bekommen.

Sie lag neben ihm, schluchzte leise; ihr zierlicher Körper zitterte. Johnnie versuchte, Atem und Kraft zurückzuerlangen. Er hörte sie schluchzen und wunderte sich, warum er den Triumph nicht fühlte, den er erwartet hatte. In die Höschen Marys zu kommen, war ursprünglich als Rache dafür gedacht gewesen, daß sie ihn verpfiffen hatte. Nun war ihm diese Rache gelungen, er hatte sie verführt. Er wartete darauf, daß Freude und Stolz darüber in ihm aufstieg, aber er spürte nur Bedauern und Scham.

Er sah zu ihr hinüber. Mit einem Arm über ihren Augen lag sie da, versuchte vor der Welt und vor ihm die Augen zu verschließen. Sie sah unbeschreiblich zart und zerbrechlich aus, unbeschreiblich verehrungswürdig.

Johnnie setzte sich auf. Er nahm zärtlich ihren Arm und zog ihn von ihren Augen weg. Sie wollte sich losreißen, aber er hielt sie fest. Sie wandte ihr Gesicht ab. Er beugte sich zu ihr hinunter, drehte ihr Gesicht mit seiner freien Hand herum und küßte sie sanft auf die Lippen. Ihr Mund war hart, die Lippen zusammengepreßt.

»Mary, es tut mir leid«, sagte er leise. »Ich vermute, daß ich nicht gewußt habe, wieviel es für dich bedeutete.«

»Nein, es war dir egal!« stieß sie scharf und anklagend hervor. »Du hast es nur darauf abgesehen gehabt, das zu erreichen, was du gewollt hast.«

»Ja. Das ist richtig, und es tut mir leid. Es tut mir aber nicht leid, daß ich dich genommen habe; kein ehrlicher Mann könnte sagen, daß ihm das leid täte. Du bist zu schön, zu reizvoll.«

»Oh, vielen Dank«, sagte sie bitter.

»Aber es tut mir leid, daß ich dich damit verletzt habe. Das wollte ich nicht.« Die Lüge kam leicht über seine Lippen.

»Auf jeden Fall ist dir das ausgezeichnet gelungen.« Sie sah wieder von ihm weg. »Ich möchte am liebsten sterben«, sagte sie.

Johnnie stand auf und brachte seine Kleidung in Ordnung.

»Steh jetzt auf, damit wir gehen können«, sagte er zu ihr.

Sie lag noch einen Augenblick still da, dann stand sie müde auf. Sie zog sich langsam an. Als sie fertig war, nahm er ihren Arm und führte sie zurück zum Wagen. Mit den Händen im Schoß setzte sie sich hin und starrte durch die Windschutzscheibe.

»Wohin fahren wir?« fragte sie, nachdem er eine Richtung einschlug, mit der sie nicht gerechnet hatte. »Das ist nicht der Weg nach Hause.«

Er sagte nichts darauf, fuhr nur weiter. Er überließ sie eine Weile ihren Gedanken, bis sie zu ihm hinsah. Langsam erwachte sie aus ihrer Lethargie, in die sie gefallen war, nachdem sie sich ihm hingegeben hatte.

»Also, wohin fahren wir?« wollte sie jetzt energisch von ihm wissen.

»Das kann dir doch gleichgültig sein. Vor ein paar Minuten hast du noch gesagt, daß du sterben möchtest, was kann es dir also noch ausmachen, wohin ich mit dir fahre?«

»Laß mich aussteigen! Halte an! Ich möchte aussteigen, Johnnie, bitte!«

Johnnie sah sie im Halbdunkel des Wagens an und lächelte ihr beruhigend zu. »Bitte, Mary, glaub mir, es geschieht dir nichts Böses.«

»Es fällt mir schwer, dir überhaupt noch etwas zu glauben!«

»Das verstehe ich, aber ich wünsche mir so sehr, daß du es trotzdem tun würdest.«

»Johnnie, wenn du jetzt nicht anhältst, dann springe ich so hinaus. Ich schwöre es.«

»Wenn du es unbedingt wissen willst: Ich gehe mit dir zum Friedensrichter.«

»Zum Frie – «, sie sah ihn maßlos erstaunt an. »Zum Friedensrichter? Aber, wie kommst –« Sie blickte ihn eine ganze Zeitlang an, bevor sie weitersprach. »Wie kommst du zu der Annahme, daß ich dich heiraten möchte?«

»Du hast recht. Ich bin immer noch nicht sehr rücksichtsvoll.« Er hielt das Auto an und rutschte zu ihr hinüber. Er erwartete, daß sie sich vor ihm zurückzog, aber sie blieb sitzen. »Mary, ich möchte, daß du meine Frau wirst.«

»Machst du mir nun diesen Antrag, weil du Angst davor hast, daß ich dich anzeige wegen dem, was du mir angetan hast? Ich würde es auch so nicht tun. Ich möchte es so wenig wie du, daß jemand davon erfährt.«

»Ich weiß das. Vermutlich habe ich sogar damit gerechnet, als ich es tat.« Er war sich nicht sicher, ob diese Ehrlichkeit klug war, aber sie schien es gut aufzunehmen. »Ich möchte dich ganz einfach heiraten, Lieblig. Es tut mir leid, daß ich erst *dadurch* daraufgekommen bin, aber wie ich schon vorhin gesagt habe, es tut mir nicht leid, daß wir es miteinander gemacht haben. Das möchte ich noch tausendmal tun, wenn du mich heiratest. Und ich glaube, daß es mir beim allerletztenmal weniger leid tun wird, als heute beim erstenmal.«

»Ist das alles, was du von mir haben willst? Ist das deine Ansicht über die Liebe?«

»Was glaubst du, was Liebe ist, Mary? Warum glaubst du, daß sich Männer und Frauen ineinander verlieben? Es ist zumindest zuerst eine rein physische Sache, erst später kommt Kameradschaft und Treue dazu. Jawohl, ich möchte dich im Bett haben. Was ist daran so schlecht?«

»Und wie willst du mich verhalten?«

»Um Himmels willen, Mary, das sind doch Dinge, um die wir uns später kümmern können. Willst du mich nun heiraten oder nicht?«

»Du redest dir offensichtlich ein, daß jede Frau, die dich sieht, ganz verrückt darauf ist, von dir zum Altar geschleppt zu werden.«

»Vielleicht liegt das daran, weil es bei den meisten auch der Fall ist. Du hast mir schon am ersten Abend gestanden, daß du mich mehr magst, als du dir selbst eingestehen möchtest. Was erwartest du dir von einer Heirat mehr? Einen Mann, den du an der Leine herumführen kannst und der dir ewig unendlich dankbar ist, daß er dich bekommen hat?«

»Natürlich nicht! Ich möchte einen Mann, der mich führt, so wie das die meisten Frauen tun. Einen Mann, der mir Sicherheit gibt. Ich – ich glaube, ich möchte dich.«

Er grinste sie an, und plötzlich lächelte sie zurück. Sie küßten sich zärtlich, und dann setzte sich Johnnie wieder hinter das Lenkrad und ließ den Motor an.

Der Friedensrichter schrieb die Heiratsurkunde aus und zeigte ihnen ein Schubfach voller Ringe. An jedem war ein Preisschild. Mary kicherte, hielt die Hand vor den Mund, als Johnnie einen heraussuchte, der vierzig Dollar kostete. Sie nahm ihn ihm aus der Hand, legte ihn zurück und zog einen Ring für zehn Dollar heraus.

Die Frau des Friedensrichters fungierte als Trauzeugin und weinte pflichtgemäß. Als alles vorbei war, verewigten sich beide noch in einem ausgelegten Gästebuch. Sie schrieb »Mary Castor« ohne zu zögern und in einem Zug.

Sie fuhren zu Johnnies Haus und schlichen dort auf Strümpfen die Treppen hoch. Johnnie wollte seine Frau mit in sein Zimmer nehmen und ihr noch in dieser Nacht zeigen, wie schön die Liebe sein konnte. Sein Schlafzimmer war klein, und das Bett war auch nicht sehr groß. Johnnie hätte sich beinahe noch dazu entschlossen, mit Mary in ein Hotel zu gehen, aber er fürchtete das Gerede, das es in einer solchen Kleinstadt verursachen würde. Das Bett würde seinen Zweck schon erfüllen, da zwei Personen aufeinander immer Platz darin finden würden.

Sie versprach, sich ganz ruhig zu verhalten, und ging hinunter ins Badezimmer. Er konnte hören, wie das Wasser durch das alte Röhrensystem dieses Hauses rauschte, und dann war sie wieder bei ihm. Sie hatte sich einen alten Bademantel Johnnies angezogen und sah ziemlich verlegen aus. Auch Johnnie hatte sich einen Bademantel umgehängt und ging hinunter, um sich etwas sauberzumachen. Als er zurückkam, war Mary bereits im Bett, und wie sie so mit bis zum Kinn hochgezogener Decke dalag, konnte er annehmen, daß sie nur noch das Kleid ihres allerersten Geburtstags anhatte. Er schlüpfte zu ihr hinein, konnte die Hitze ihres Körpers spüren, konnte spüren, wie sie ganz leicht zu ihm hinrückte. Er drehte sich ihr zu, legte seine Arme um sie und zog ihre nackten Körper dicht aneinander. Es war recht eng im Bett und sehr schwierig, sich zu bewegen, ohne hinauszufallen, deshalb mußten sie ganz nahe beieinander sein. Sie war warm, weich und gutriechend. Johnnie bedeckte ihren Mund mit seinem, umspielte ihre Zunge mit seiner und spürte, wie ein Schauer über ihre Körper hinlief. Er legte seine Hand auf ihren Po und begann, die festen Backen sanft zu streicheln. Mary wand sich, machte sich steif und drückte sich dann entspannt an ihn. Er konnte die Haare ihres Venushügels an seinem Schenkel spüren, und er zog ein Knie an, drückte damit gegen ihren Schoß. Seine freie Hand kam zwischen ihren Körper und umfaßte eine Brust. Sie schrak etwas zurück, hatte sich noch nicht daran gewöhnt, daß ein Mann so ohne weiteres seine Hände auf ihrem nackten Leib hatte. Johnnie mußte sich daran erinnern, daß er mit ihr Geduld haben mußte. Er ließ seine Hände sanft und zärtlich ihren weichen, warmen, glatthäutigen Körper erkunden, genoß ihren sauberen Geruch, ihre Bewegungen und Laute, die so ganz anders waren als das, was er bei den raffinierten Huren kennengelernt hatte. Sogar anders als bei Faye, die weit, weit über diesen Weibern stand.

Johnnie strich mit seinen Lippen über ihr Gesicht, ihre Augen, ihren Mund und dann hinunter zu ihrem Hals. Mary begann, sich wieder mit steigendem Verlangen zu winden. Ihr Schoß wurde heiß und feucht, der Atem schnell und flach, und Johnnie wußte, daß er es richtig machte, daß er sie so erregte, wie er sie haben wollte. Sie kam ihm entgegen mit einer Leidenschaft, die für ein Mädchen, das in dieser Nacht erst ihre Jungfernschaft verloren hatte, erstaunlich war.

Die Welt schien nur aus ihren Körper zu bestehen, aus ihren Lauten und Gerüchen und den schnellen, tiefen Küssen. Marys Hände waren nun an Johnnies Körper, wie die seinen an ihrem. Sie spreizte weit ihre Beine, berührte dabei mit einem Fuß die Wand und ließ den anderen über die Bettkante baumeln. Johnnie legte sich auf sie. Ihre Augen waren halb geschlossen, und ihr Unterleib kam seinem mit einem dumpf klatschenden Laut entgegen. Johnnies Johnnie war, wenn dies überhaupt möglich war, noch härter als vor einiger Zeit im Wald; so hart, daß es beinahe schmerzte, und er setzte es am Eingang ihrer Liebesgrotte an und glitt in sie hinein. Sie stieß einen leisen Lustschrei aus, preßte ihre Lippen gegen seinen Hals, und dann bewegten sie sich in einem gleichmäßigen Takt, so als ob sie dies schon jahrelang miteinander machten. Der Rhythmus war perfekt, und er dachte daran, solange sein Verstand durch die gewaltigen Lustgefühle dazu noch imstande war, daß es mit ihr gut und schön werden würde.

Dann explodierten die Raketen in seinem Kopf, und er

spürte ihren sich hebenden und senkenden nackten Körper unter sich. Ihr Körper, der nicht genug von ihm bekommen konnte. Und die Lust stieg in ihnen, bis sie fast unerträglich wurde; so machtvoll, so intensiv, so überwältigend, daß sie beide laut aufschrien. Ihr Schoß saugte ihn tief, tief in sich ein.

Danach lagen sie nebeneinander; ihre Arme und Beine um und auf denen des anderen. Er war schweißbedeckt; Seine Hand lag zwischen ihren Schenkeln. Er fühlte die warme, schlüpfrige Nässe, und es war gar nichts Ekliges daran, so wie er es manchmal bei den Huren empfunden hatte – oder bei nahezu jeder anderen Frau, wenn die Ekstase vorüber war.

Er nahm sie in seine Arme und hielt sie eng umschlungen, so lagen sie nackt da, die Bettdecke zurückgeschlagen. Er streichelte sie zärtlich und sagte ihr, wie sehr er sie liebe, und es war wunderbar für ihn, viel schöner als es je mit irgendeiner anderen Frau gewesen war, und er begriff langsam, was es mit einem netten, anständigen Mädchen auf sich hatte. Vielleicht war es es tatsächlich wert, auf ein solches zu warten.

Plötzlich flog die Tür auf. Johnnie drehte sich schnell um, und Mary versuchte, ihre Blößen mit den Händen zu bedekken. Johnnie war halb aus dem Bett, als er seinen Vater im Schlafanzug mit verwirrtem Gesichtsausdruck unter der Tür stehen sah. Er hatte sein altes Jagdgewehr in der Hand. Er sah sie einen Moment großäugig an und hastete dann hinaus. Johnnie hörte die Stimme seiner Mutter, gedämpft, aber aufdringlich, und seinen Vater: »Geh ins Bett, Frau. Ich werde dir alles später erklären. Geh ins Bett!« Eine Männerhand kam um den Türpfosten und schloß die Tür. Sein Vater ging die Treppe hinunter.

Mary verbarg ihr Gesicht in ihren Händen und hätte vor Scham beinahe laut geschrien. Johnnie sah zuerst auf sie, dann auf die Tür. Er mußte sich einen Kissenzipfel in den Mund stecken, damit er nicht in lautes Gelächter ausbrach.

Alle waren da, und alle brachten einen riesigen Appetit auf gutes Essen und Alkohol mit. Die McCords, die wegen dem plötzlichen Verlust ihrer Tochter noch etwas durcheinander waren, obwohl sie dafür einen Sohn bekommen hatten, gaben eine Party für die Neuvermählten. Die Männer sahen Mary an, wie wenn sie ein zartes Hühnchen hinter dem Zaun wäre und sie lauter Wiesel. Bei den Frauen war es mehr Neid, was in ihren Augen aufstieg, wenn sie das junge Paar und besonders den kräftigen Johnnie ansahen.

Johnnies Vater hatte bereits mehr getrunken, als er vertragen konnte, und erzählte jedermann, der es hören wollte, wie das mit der Hochzeitsnacht von Mary und Johnnie gewesen war. »Verstehen Sie, ich dachte, es seien Einbrecher. Na gut, ich selbst war nicht dieser Ansicht, aber meine Frau dort – und Sie wissen, wie das dann ist. Also nahm ich mein Jagdgewehr und ging hinauf zu Johnnies Zimmer, von wo dieser Lärm kam –«.

Johnnie ging zwischen den lustigen Leuten umher und dachte an die letzte Party, die zu seiner Ehre gegeben worden war. Wie sie geendet hatte, wie er seinen Dampf bei Faye ablassen mußte.

An der Tür war irgend etwas los, und wie die anderen, so schaute auch Johnnie in diese Richtung. Faye stand dort, in einem Minirock, der zu eng und zu grellfarbig war, der zuviel zeigte. Sie sah aus, als ob sie versucht hätte, jede Bar in der Stadt leerzutrinken, und ihr Make-up war verschmiert. Mr. McCord wollte sie zurückhalten.

»Laß mich rein, verdammt noch mal!« fauchte sie ihn an. »Laß mich zu dieser Party; ich bin eine Freundin des jungen Ehemanns, eine sehr enge Freundin sogar. Eine intime Freundin ist das treffendere Wort. Sehr intim.«

Sie brachte es fertig, Mr. McCord zur Seite zu stoßen, stolperte und wankte durch den Raum. Man konnte ihr Höschen sehen, und ihr Haar hatte den Kamm nötig.

»Hey, da bin ich, Johnnie«, sagte sie, als sie in seine Nähe kam. »Glückwünsche. Ich sehe, daß du meinen Rat befolgt hast. Teilweise, du armer Irrer. Ich glaube, daß ich deiner Frau eher gratulieren sollte, hm?« Sie wandte sich Mary zu, die sich am Arm Johnnies' festhielt. »Also Glückwunsch, meine Süße. Ich ziehe den Hut vor dir. Du hast dir den Kerl geangelt, auf den sämtliche Mädchen der Stadt seit Jahren scharf sind. Es muß also doch etwas daran sein, wenn man das anständige Mädchen spielt, hm? Ich vermute, daß es der richtige Weg ist, einem Kerl das, was er haben will, erst dann zu geben, wenn er es sich kauft.«

»Gut, Faye«, sagte Johnnie. »Du hast jetzt deine Rede gehalten und alle in Verlegenheit gebracht, so wie du es wolltest, aber nun gehst du besser nach Hause und schläfst dich aus.« Er machte einen Schritt auf sie zu und nahm sie am Arm, aber sie riß sich los.

»Nimm deine Hand von mir! Du bist ein verheirateter Mann.« Sie sah wieder Mary an. »Weißt du, mein Kind, es gibt zwei Taktiken, um einen Mann dazu zu bringen, daß er dich heiratet. Entweder man treibt's mit ihm oder man läßt ihn schmoren. Ich persönlich hab es bisher immer mit ersterem gehalten. Aber ich muß zugeben, daß du offensichtlich mit deiner Taktik besser gefahren bist. Klein Johnnie ist aus meinem schönen, warmen Bett geklettert und hat dich geheiratet, nachdem ich ihm alles gezeigt hatte, was ich auf der Matratze kann. Und natürlich bin ich nicht die einzige gewesen, die Spaß mit seinem Harten gehabt hat. Hast du der kleinen Jungfrau Mary auch schon von Nancy erzählt, lieber Johnnie?« Sie sah allen Leuten rings um sie her offen ins Gesicht, bevor ihr klar wurde, was sie gesagt hatte. Erschrocken legte sie ihre Hand auf den Mund.

Johnnie fühlte, wie die Röte über den Hals in sein Gesicht stieg. Dieses Mal nahm er Fayes Arm in einen stahlharten Griff, er drückte zu, bis sie das Gesicht verzog. Er bog ihren Arm etwas zurück, und Faye wurde plötzlich sehr still. Vor Schmerz in ihrem Arm ging sie auf Zehenspitzen, als er sie in Richtung der Tür dirigierte. Sie hatte Schwierigkeiten, mit seinem Tempo mitzuhalten.

»Nun, Faye, möchte ich dir dafür danken, daß du hergekommen bist, um uns Glück zu wünschen und so weiter, aber ich meine, daß nun die Zeit gekommen ist, wo du heimgehen solltest, und wir werden dich nicht zurückhalten, wirklich nicht.«

Faye öffnete den Mund, um noch etwas Obszönes zu sagen, aber Johnnie lächelte nur und hob ihren Arm um einige Zentimeter nach oben an, und sie schloß ihren Mund so schnell, daß er ihre Zähne aufeinanderklappen hörte. Mr. McCord hatte die Tür geöffnet, und Johnnie marschierte mit Faye hinaus auf die Terrasse. Er machte die Tür hinter sich zu.

»Okay, Faye«, sagte er im Unterhaltungston. »Nun möchte ich, daß du tatsächlich nach Hause gehst, Süße. Die Straßen sind um diese Zeit nicht mehr sicher für eine junge Dame. Womöglich vergewaltigt dich ein Bursche, der nicht weiß, daß das gar nicht notwendig ist.« Er streckte seine Hand aus und tätschelte ihre Wange so stark, daß ihre Zähne klapperten. »Womöglich könnte dir auch jemand sehr weh tun.« Sein Ton sagte alles.

»Hör mal, Johnnie – «

»Nein, nein, mein Schatz, du begreifst anscheinend immer noch nicht. Nun bist du dran, ruhig zu sein und zuzuhören.«

»O ja? Also gut – «

Johnnie hob einen Finger, brachte sie zum Schweigen. »So gefällt mir das besser, Faye. Und hier sind die neuen Regeln für dein Leben: Du läßt dich hier nicht mehr sehen. Verstanden? Ganz egal, aus welchem Grund, auch wirst du nie mehr näher als sechs Häuserblocks an dieses Haus hier herankommen. Und komme niemals – und ich meine niemals – auf die Idee, mit meiner Frau zu sprechen! Ist das klar?«

»So, das soll ich also alles nicht? Und warum gerade ich nicht?«

»Du möchtest also wissen warum? Gut, ich werde es dir erklären, Faye. Du wirst das so tun, wie ich es will, weil ich dir sonst den Hals umdrehe. Das ist der Grund, warum du's nicht tun wirst.« Er machte einen Schritt auf sie zu, so daß sie wegen der Treppe nicht vor ihm zurückweichen konnte. »Und wenn ich mit dir fertig bin, dann ist nicht nur dein Hals nicht mehr brauchbar, sondern auch alles weiter unten, obwohl ich es hassen würde, öffentliches Eigentum zu zerstören.«

Plötzlich traten ihr Tränen in die Augen, rannen in dicken Tropfen über ihr Gesicht, machten Linien in das Make-up. »So hast du nicht mit mir gesprochen, wenn du es nötig hattest und zwischen meine Beine kommen wolltest, Johnnie.«

»Faye, du wirst mir in Zukunft wie die Pest aus dem Weg gehen, weil, sollten wir einander je wieder begegnen, ich annehmen muß, daß es deine Absicht war, und ich muß dir leider deinen Hintern bis zu den Schulterblättern hochkicken, und dann wird es für dich sehr schwierig werden, damit auch nur einen Dollar zu verdienen.«

Fays Gesicht wurde vor Wut aschfahl. »Das ist eine verdammt gemeine Anschuldigung! Ich habe auf diese Art und Weise in meinem ganzen Leben noch nie einen Dollar verdient! Niemals!«

»Okay, dann hast du also trotz allem deinen Amateurstatus bewahrt. Respekt, Respekt! Aber nun zieh endlich Leine!«

»Gut, Johnnie, ich gehe, aber merke dir eines, mein Bester, der Tag wird kommen, wo du mit deiner einzigartigen, wundervollen Frau Streit bekommen wirst – und sie macht dann für dich die Beine nicht auseinander. Dann sammelt sich in dir die Begierde an, und du willst das unheimliche Verlangen irgendwo loswerden. Wenn das dann so ist, Baby, dann brauchst du an mich überhaupt nicht zu denken!«

Johnnie ging ins Wohnzimmer zurück, lächelte, um seine Müdigkeit zu vertuschen. Er nahm sich einen frischen Drink und setzte mit Mary an seiner Seite seinen Rundgang fort.

Als alle bis auf ihre Eltern gegangen ware, goß sich Johnnie einen doppelten Bourbon on the Rock ein. Als er sich umdrehte, saßen alle da und blickten ihn an. Mary machte einen sehr nervösen Eindruck.

»Mary«, sagte er und winkte sie zu sich her. »Du möchtest mir etwas sagen?« wandte er sich an seinen Schwiegervater.

Marys Vater sah ihn unsicher an, wußte nicht, wie er beginnen sollte. »Das war ein sehr dummer Zwischenfall, nicht wahr?«

»Ja, sehr dumm.«

»Na gut, ich hoffe, daß derartige Dinge – «

»›Derartige Dinge‹ können jedem passieren. Aber die Sache ist erledigt. Ein für allemal.«

»Eigenartig, daß sie überhaupt glaubte, das Recht zu haben.«

»Faye ist wie die meisten Mädchen heutzutage. Sie nimmt die Pille und hält sehr viel von Sex.«

»Ich möchte nur wissen, ob du tatsächlich eine Affäre mit diesem Mädchen gehabt hast.«

»Was ich gemacht habe, bevor ich deine Tochter kennenlernte, geht nur mich und den lieben Gott etwas an.«

»Und was ist mit Faye?«

»Ich war nicht mehr unschuldig, als ich geheiratet habe, wenn es das ist, was du meinst. Und ihr könnt jetzt damit aufhören, hier wie das Jüngste Gericht herumzusitzen. Ich bin nun kein rotznäsiger Jüngling mehr, der vorher fragt, ob er das und jenes machen darf. Und das gilt auch für Mary; sie ist jetzt meine Frau, und du hältst dich da raus!«

»Das könnte auch wieder geändert werden, Johnnie.«

»Niemand ändert da irgendwas. Deine Tochter hat mich geheiratet, und sie bleibt meine Frau. Sie ist nun in erster Linie meine Frau und erst in zweiter deine Tochter.«

»Das muß sie selbst entscheiden.«

»Und ich habe entschieden, Vater«, unterbrach Mary. »Ich bleibe bei Johnnie. Bis daß der Tod uns scheidet.«

Es gab eine Pause, nach der McCord auf Johnnie mit ausgestreckter Hand zuging. »Vergessen wir's; also nochmals willkommen in unserer Familie. Ich freue mich, daß ich einen richtigen Mann zum Schwiegersohn bekommen habe.« Als sie noch einen Drink gemeinsam nahmen, trat McCord neben Johnnie. »Eines Tages wirst du vielleicht auch eine Tochter haben und verstehen, wie ein Vater fühlt.«

»Ich versteh dich auch so und nehme dir nichts übel.«

Später lagen sie in einem Messingbett, das Marys Eltern für

ihn aufgestellt hatte. Es füllte beinahe das ganze Zimmer aus, bot aber dadurch viel Platz für ihre Liebesspiele.

»Du hast mir direkt angst gemacht, so wie du mit meinem Vater gesprochen hast«, sagte Mary.

»Ich selbst hatte Angst, aber ich hätte dich mit zu mir genommen, wenn dein Vater nicht nachgegeben hätte.«

»Das weiß ich. Aber du bist ein Mann, der irgendwie Furcht einflößt – und das hat mich zu dir hingezogen. Die anderen Männer haben sich stets bemüht, ganz nett zu mir zu sein. Aber du hast mich von Anfang an wissen lassen, daß du Dinge mit mir machen wolltest, von denen ich noch nichts wußte – und vor denen ich mich fürchtete. Das war ein ganz neues Gefühl für mich, und ich mochte es.«

»Und wie sehr magst du dieses Gefühl?« fragte er, während er seine Hans zwischen ihre Schenkel legte. Sie wand sich seinen Fingern entgegen.

»Nicht aufhören, Liebling. Bitte, nicht aufhören!«

Er küßte sie, und sie preßte ihre Brüste gegen seinen muskulösen Oberkörper. Sie verschränkten die Beine ineinander, und die weiche Glätte ihrer Schenkel erregte ihn. Er merkte, daß sich sein Guter sofort aufstellte, und legte seine Hans auf ihren Po. Mary stöhnte vor Lust und warf sich ihm mit erstaunlicher Kraft entgegen. Johnnie drehte sie auf den Rücken und legte sich auf den warmen Körper. Leicht glitt sein Glied in sie. Mary legte ihre Arme um seinen Nacken, preßte sich in einer Lust an ihn, die zu groß war, um verleugnet werden zu können. Dann hob sie die Beine und legte sie um seine Taille, drückte ihn dichter an sich, tiefer und tiefer. Johnnie fühlte, wie die Ekstase immer näher kam, und hörte ihren Schrei an seinem Ohr. Die Welt war voll explodierender Feuerbälle und voll unbeschreiblicher herrlicher Gefühle. Und dann war es vorbei.

»Ohhh, ich fühle mich wunderbar«, sagte Mary, als sie wieder einigermaßen atmen konnte. Johnnie merkte, daß er kurz vor dem Einschlafen war.

»Johnnie?«

»Mmmm?«

»Du hast es tatsächlich gemacht, nicht?«

»Was gemacht?«

»Mit Faye, meine ich.«

Johnnie wurde wieder hellwach. »Oh, als ob das – «

»Was hat sie für dich getan?«

»Aber Mary, was soll das!«

»Es muß etwas ganz Besonderes gewesen sein. Eine Frau wie sie muß Dinge kennen, von denen ein anständiges Mädchen keine Ahnung hat.«

»Quatsch!«

»Johnnie!« Sie kicherte. »Was hat sie bei dir gemacht? Komm, du kannst es mir doch sagen. Was hat sie gemacht?«

Johnnie setzte sich im Bett auf und sah auf seine im Mondlicht neben ihm liegende nackte Frau hinunter. »Du läßt mir also keine Ruhe damit, hm?«

»Nee.«

»Gut, wie du willst. Sie – na ja, sie machte es französisch.«

»Und was bedeutet das?«

»Mary, schlaf jetzt.«

»Was bedeutet ›französisch gemacht‹? Wenn du es mir nicht sagst, werde ich gleich morgen früh meinen Vater fragen.«

»Mein Gott, das wirst du nicht wagen!«

»Doch. Und solange du dabei bist. Ich werde ihm sagen, daß ich ihn deshalb fragen muß, weil du gewollt hast, daß ich das mit dir mache.« Sie kicherte wieder.

»Du bist eine elende Erpresserin!«

»Also, dann sag mir's.«

»Okay, okay. Sie hat es andersrum gemacht, verstehst du das?«

»Nicht ganz, aber ich glaube, daß ich mir ein Bild davon machen kann.«

»Sie hat den Kleinen da unten in den Mund genommen – und ihn mit der Zunge gestreichelt.«

»Oh. Oh!«

»Ja, oh. Nun, bist du glücklich darüber, daß du mich gefragt hast.«

»Und nun schlaf endlich, oder ich haue dir den Po voll, bis du um Gnade bettelst.«

»Ist das ein Versprechen? Ich könnte mir vorstellen, daß ich das ganz gern hätte, wenn du dann schließend richtig lieb zu mir wärst.«

»Oh, guter Himmel, was hab ich da bloß geheiratet! In was bin ich da hineingeraten?«

»In das gleiche, in das du hineingeraten bist, bevor du mich geheiratet hast. Denkst du an den Wald?« Sie kicherte wieder.

»Mary, hör auf damit. Das ist nicht anständig.«

»Du bist sehr puritanisch, weißt du das?«

»Ich?«

»Ja, du. Es gibt selten einen, der puritanischer ist als einen, der zeit seines Lebens herumgehurt hat. Das habe ich einmal meinen Vater sagen gehört, als er nicht wußte, daß ich in der Nähe war.«

»Mary, ich möchte nun gern schlafen, und wenn du nicht endlich ruhig bist, dann werde ich dir ein Kissen in den Mund stopfen.«

»Ja, mein Herr und Meister.«

Einige Zeit später wachte er auf und dachte, daß das von einem Sextraum käme. Er war so intensiv gewesen, daß ihn die Lust wie mit tausend Nadeln durchfahren hatte. Als er ganz wach war, merkte er die Ursache.

Mary kniete unten in der Mitte des Bettes, ihr Gesicht war in seinem Schoß. Er konnte ihre Lippen um die Spitze spüren. Das war es, was die ungeheure Lust in ihm entfacht hatte. Er legte sich im Bett zurück; sein Körper wand, hob und senkte sich. Er schwitzte und stöhnte, während ihre Zunge ihn Schritt für Schritt einer immer größeren Spannung entgegenbrachte. Sie hatte keine Erfahrung, aber die Kenntnis davon und wie sie es machte, ließ ihn seinem Orgasmus entgegenrasen. Er fuchtelte wie ein hilflos auf dem Rücken liegender Käfer mit Armen und Beinen. Dann fanden seine Hände Ruhe in ihrem Haar, aber nicht um sie wegzuziehen, sondern um ihren Kopf noch mehr auf seinen Leib zu drücken. Ihr Atem kam in kurzen, schnellen Zügen, und er konnte seine Hitze spüren. Und dann überfiel ihn der Orgasmus so überraschend und heftig, daß er einen lauten Schrei nicht unterdrücken konnte. Die Lust ließ seinen Körper zusammenschrumpfen wie eine Papierpuppe, und dann streckte er sich wieder aus dem Krampf, der ihn zusammengezogen hatte. Langsam ebbte die Ekstase ab. Keuchend lag er da, spürte die kühle Nachtluft auf seiner schweißnassen Haut. Als er nach unten sah, lag dort noch Mary in derselben Haltung. Sie beobachtete, wie sein Johnnie kleiner wurde, zusammenschrumpfte. Dann kroch sie zu ihm hinauf, war irgendwie unsicher, wußte nicht, ob er sie berühren wollte. Johnnie ergriff sie an den Armen und zog sie zu sich heran, umarmte sie zärtlich. Sie lag zitternd neben ihm.

»Welche dummen Gedanken hatten sich denn in deinem Kopf breitgemacht?«

»Haßt du mich jetzt?« fragte sie mit kleiner Stimme.

»Rede doch keinen Unsinn. Aber was hat dich denn dazu gebracht, das mit mir zu machen?«

»Diese Frau tat es für dich. Und ich möchte nicht haben, daß sie mir etwas voraus hat. Sie oder jede andere Frau.«

»Schön, aber du solltest einen schon vorher warnen. Mann, du hast mich beinahe umgebracht, so war ich überrascht.«

»Ich war nicht sehr gut – oder?«

»Gut genug, um mich wie eine Brezel zusammenzudrehen. Aber wie gesagt, du hättest mir vorher etwas sagen sollen.«

»Ich habe befürchtet, daß du es mich nicht machen lassen würdest. Außerdem konnte ich nicht darüber reden – oder es anbieten. Ich mußte mich selbst am Kragen packen und dazu zwingen.«

»Aber es war schön, daß du dir diesen Zwang angetan hast.«

»Aber du denkst immer noch, daß ich eine anständige Frau bin?« Sie rückte etwas von ihm ab und sah ihn zweifelnd mit hochgezogenen Augenbrauen an.

»Nein, Gänschen. Ich mag dich jetzt überhaupt nicht mehr und laß mich scheiden, sobald das irgendwie geht. Vielleicht schon in achtzig oder neunzig Jahren.«

Sie vergrub ihr Gesicht an seiner Brust. Johnnie nahm ihr Kinn in seine Hand und hob ihr Gesicht empor, dann küßte er sie leicht auf den Mund. »Weißt du, daß du eine sehr nette, anständige Frau bist, auch wenn du dir gelegentlich den Mund abwischen solltest.«

## DRITTES KAPITEL

Sie waren seit zwei Monaten verheiratet, als sie ihm eines Morgens sagte, daß sie schwanger sei. In der darauffolgenden Nacht war es das erstemal, seit sie verheiratet waren, daß sie sich im Bett von ihm abwandte. Sie kam ins Schlafzimmer mit einem Nachthemd an, und als Johnnie es hochschieben wollte, zog sie sich von ihm zurück.

»Kannst du denn an nichts anderes denken?« fragte sie gehässig.

»Was ist denn los, Liebling?« Er konnte es nicht begreifen, denn nachdem sie die erste Nervosität abgelegt hatte, war Mary richtig aktiv im Bett geworden. Nicht nur, daß sie alles mitgemacht hatte, was er wollte, sie hatte sich auch selbst einige Variationen ausgedacht.

»Nichts ist los, Johnnie. Muß denn immer etwas nicht in Ordnung sein, wenn es mir nicht danach ist, stets dann die Schenkel breit zu machen, wenn du deine großen Männerhände auf mich legst?«

Johnnie stützte sich auf einen Ellbogen und sah seine Frau an. »Was fauchst du mich denn so an? Was habe ich denn gemacht? Habe ich dich verärgert – oder was?«

»Du verärgerst mich gerade jetzt; du könntest zumindest ein klein wenig Rücksicht auf mich nehmen. Ich bin deine Frau, nicht irgendwelche Hure, die du dir angelacht hast. Mein Name ist nicht Faye, wenn du dich richtig erinnerst.«

»Was soll denn der Quatsch mit der Rücksicht?«

»Das ist kein Quatsch! Vielleicht gibt es Frauen, die es nicht mögen, wenn immer an ihnen herumgefummelt wird wie an einem Stück Eigentum. Vielleicht möchten sie hie und da auch mal gefragt werden.«

»Gefragt? So ein Quatsch!«

»Jawohl, gefragt. Ein ungehobelter Kerl wie du kann sich das natürlich nicht vorstellen. Du glaubst, daß du so unheimlich attraktiv bist, daß jede Frau auf der Welt ganz verrückt darauf ist, mit dir ins Bett zu steigen.«

»Also möchtest du gefragt werden? Okay, ich werde fragen. Entschuldigen Sie, Mrs. Castor, gnädige Frau, aber wäre es eine zu große Belästigung, wenn ich meinen verdammten Johnnie in Sie hineinstecken würde?«

»Du bist schrecklich!« Sie setzte sich im Bett auf, und er sah, daß ihr Tränen über das Gesicht liefen. »Ganz schrecklich!« Und fort war sie im Badezimmer. Er hörte, wie sie abschloß.

Am nächsten Morgen war sie steif und förmlich zu ihm, wobei sie alle Mühe hatte, nicht bösartig zu werden. Johnnie hatte auf dem Heimweg von der Bank, in der er arbeitete, ein Dutzend ähnlicher Rosen gekauft wie damals, als er sich entschuldigen mußte. Es gab ihm zwar das Gefühl, daß er für die Liebe seiner Frau bezahlen mußte, aber er würde eben ihr kindisches Spiel mitspielen. Er nahm an, daß man den Launen schwangerer Frauen manchmal nachgeben mußte. Der Tag bei der Bank war nicht angenehm gewesen, und er war nicht in allerbester Stimmung, aber er wollte zu Hause keinen Ärger. Sie bedankte sich für die Rosen, machte eine große Schau daraus, wie sehr sie sich freute, und küßte ihn. Es war ein keuscher Kuß und keine Einladung ins Bett.

Während des Nachtessens machte sie einen nervösen Eindruck, der während des ganzen Abends anhielt.

Gegen zehn Uhr stand Johnnie auf. »Ich gehe jetzt ins Bett. Es war ein harter Tag.«

»Ja, du siehst müde aus«, sagte sie. »Ich habe noch keinen Schlaf, Liebling, und komme erst später nach.«

Er schluckte eine Einwendung hinunter, die ihm schon

auf der Zunge lag. Nach dem Duschen schlüpfte er unter das Laken und machte die Lampe aus. Es war schwierig, wach zu bleiben, aber er wollte es sein, wenn sie kam. Nachdem er eine halbe Stunde ruhig dalag, schlich sie herein. Sie hatte sich im Wohnzimmer ausgezogen und war bereits nackt. Sie gab sich alle Mühe, ihn nicht zu berühren, als sie unter die Decke kroch. Wie zufällig langte Johnnie hinüber, und seine Hand landete auf ihrer linken Brust. Die Überraschung ließ sie einen Satz machen. Jetzt rückte sie energisch von ihm ab.

»Du gemeiner Kerl! Was hast du vor?«

Johnnie machte das Licht an; beide blinzelten.

»Ich versuche, meine Frau dazu zu bringen, daß sie es mit mir macht. Hast du ein durchschlagendes Argument dagegen?«

»Ich fühle mich nicht wohl. Das ist Grund genug.«

»Und ich nehme an, daß du dich letzte Nacht auch nicht wohl gefühlt hast.«

»So ist es.«

»Wäre es dir vielleicht möglich, mir in etwa zu sagen, wann du erwartest, daß du dich wieder wohl fühlst? Ich hätte zu gern gewußt, wann wir wieder ein normales Sexleben aufnehmen werden.«

»Für dich dauert ein normales Sexleben vierundzwanzig Stunden pro Tag.«

»Und wie ich mir wünsche, es wäre so! Und danke für das Kompliment.«

»Johnnie, versuche doch zu verstehen. Ich bin krank, seit ich schwanger bin, und ich brauche nicht mehr zu vögeln, ich brauch das nicht mehr.«

»Nun ist es aber so, daß ich das noch brauche! Was zum Teufel glaubst du, daß eine Ehe ist, Baby? Küchendienst und gemeinsames Radiohören?«

»Ich bin eine richtig erzogene junge Frau, Johnnie. Und ich kenne meine Pflichten. Wenn du also darauf bestehst, werde ich mich nicht weigern.«

Sie sah ihn mit ihrem süß-unschuldigen Jungfrauenblick an. Er starrte lange zurück, bevor er aus dem Bett kletterte. Er holte sich einige Decken aus dem Schrank und stürmte ins Wohnzimmer, um die Nacht auf der Couch zu verbringen.

In der darauffolgenden Nacht überraschte sie ihn. Als er ins Bett ging, kam sie mit ihm. Sie zog kein Nachthemd an, und als sie nebeneinander lagen, spürte er ihre Hand auf seinem Kleinen. Ihre weichen, schlangen Finger streichelten ihn intensiv, und sein Guter kam schnell hoch. Er stellte fest, wie sehr sich sein Verlangen in den letzten zwei Nächten in ihm angestaut hatte. Er umfaßte eine ihrer Brüste, drehte sich auf die Seite, und es war, als ob ihre Körper ineinander verschmolzen. Er hörte, wie ihr Atem schneller wurde, wie sie leise stöhnte. Dann küßte und streichelte er sie. Seine Hände bewegten sich über ihre Brüste hinunter zu ihrem Schoß. Er wurde durch die Zärtlichkeiten, die er ihr gab, selbst immer mehr erregt. Marys Körper wurde unter seinen Händen ständig unruhiger. Johnnie legte sich auf sie; er spürte die weichen Innenseiten ihrer weitgeöffneten Schenkel an seiner Haut, als er hinauf zu dem für ihn geöffneten Eingang ihrer Liebesgrotte rutschte. Er glitt in sie hinein. Er sah ihr Gesicht, obwohl seine Augen von der Leidenschaft verschleiert waren. Sie sah bleich aus, und er dachte, daß dies eigenartig sei, aber das Verlangen in ihm war so groß, daß er bald nicht mehr denken konnte.

Er bemerkte mit plötzlicher Klarheit, daß sie sich mit den Fäusten gegen ihn stemmte, versuchte, ihn von sich wegzudrücken. Und dann fiel ihm auf, daß sie seit langer

Zeit wieder etwas zu ihm sagte; er hatte es bisher gar nicht bemerkt, weil ihn die Leidenschaft so gefangen genommen hatte.

»Johnnie, hör auf, bitte – ich – ich kann nicht – Johnnie, hör auf!«

Er lag neben Mary und pumpte seine Lungen voll Luft. Bald stieg das Unbehagen in ihm auf, füllte sein Hirn und nahm den Platz der Freude und der Befriedigung ein. Er hatte sich seiner Frau gegenüber wie ein Lump benommen. Sie hätte ihn aber auch nicht zurückweisen dürfen – oder wenn sie das vorgehabt hatte, dann war es gemein von ihr gewesen, ihn so erregt werden zu lassen. Er merkte, daß sich seine Frau neben ihm aufrichtete und sich dann auf die Bettkante setzte. Lange saß sie so und starrte auf den Fußboden. Johnnie geriet plötzlich in Panik, aber er unterdrückte dieses Gefühl. Sie spielte die Gekränkte, wollte ihn in die Defensive drängen. Er sollte sich dafür entschuldigen für das, was er mit vollem Recht getan hatte. Schließlich stand sie auf und ging unsicher ins Bad. Blitzschnell war er bei ihr, um sie zu stützen, als sie die Tür erreichte. Sie blieb einen Augenblick stehen und ging dann hinein. Er hörte, wie der Riegel herumgedreht wurde und gleich darauf, wie sie ihn sachte wieder aufmachte, so als ob sie ihre Meinung geändert hätte. Johnnie ging ins Bett zurück und starrte nachdenklich auf die Badezimmertür. Vielleicht war doch nicht alles gespielt, vielleicht hatte er ihr unrecht getan. Und dann hörte er, wie es sie würgte, hörte das in seinen Ohren dröhnende schreckliche Geräusch, als sie sich erbrach. Als es still geworden war, stand er auf und ging auf die Tür zu. Schon unterwegs hörte er Marys Stimme, die kaum vernehmbar nach ihm rief. Es war aber wie ein Schrei in seinen Ohren. Er riß die Tür auf und hörte den Schlag, als die Klinke gegen die Wand knallte.

Er sah den zusammengekrümmten Körper Marys auf dem Boden, ihre Knie an die Brüste hochgezogen. Ihre Augen waren direkt auf ihn gerichtet, und er flog zu ihr hin. Sie war leicht in seinen Armen und stieß einen Schrei aus, als er sie hochhob. Er hielt ihren schmalen Körper an seinen gepreßt und ging zurück ins Schlafzimmer. Er legte sie aufs Bett, und sie sah mit schreckerfüllten Augen zu ihm auf.

»Liebling, Mary, was ist?«

»Das Baby«, sagte sie. »Ich – ich –« Ein plötzlicher Schmerzanfall zog sie wieder zusammen. »O Gott, Johnnie, ich verliere es! Ich verliere mein –« Und der Schmerz ließ sie verstummen.

Johnnie zog Hose und Hemd an, warf seinen Mantel über, ohne auch irgendeines dieser Kleidungsstücke zuzuknöpfen. Dann legte er die Zudecke um Mary, packte sie warm darin ein. Er trug sie aus der Wohnung, die Treppen hinab ins Auto. Es schien ihm Stunden zu dauern, bevor er das Krankenhaus erreichte. Mary stieß wieder einen Schrei aus, als er sie aus dem Wagen hob. Johnnie ging so schnell er konnte die Auffahrt hinauf, stieß die Tür mit einem Fuß auf und eilte durch die Vorhalle auf den Schalter mit der Krankenschwester zu. Bevor er ihn erreichte, kam eine andere Schwester aus dem Zimmer und hielt ihn an.

»Was ist los?« fragte sie kurz.

»Abortion, denke ich. Ich –«

Aber die Schwester war schon in das Zimmer zurückgegangen und kam sofort wieder mit einem Rollstuhl heraus. Johnnie setzte Mary hinein, und die Schwester fuhr mit ihr schnell einen Gang hinunter. Johnnie hatte Mühe, mit seinen langen Beinen zu folgen.

»Rufe Dr. Bronson«, rief sie noch dem Mädchen am Empfang zu.

Johnnie blieb stehen. Er sah, wie der Rollstuhl durch eine Tür mit der Aufschrift OPERATIONSSAAL verschwand. Johnnie starrte noch einen Moment auf die Schwingtür und setzte sich dann auf die verschrammte Holzbank an der Wand.

Der Doktor kam eine Ewigkeit später heraus. »Ihre Frau ist im Moment übel dran«, sagte er mit klangvoller Stimme. »Aber wenn es keine Komplikationen gibt, wird sie bald wieder in Ordnung sein. Um sicherzugehen, lassen wir sie besser ein paar Tage hier.«

»Und was ist mit dem Kind?«

»Sie wird kein Kind haben, Mr. Castor, tut mir leid.«

»Ja. Ja, das habe ich mir gedacht, Doktor. Die Hauptsache ist, daß es meiner Frau bald wieder gutgeht.«

»Sie können später immer noch ein Kind haben, wenn Sie wollen. Es scheint keine Gründe zu geben, warum dies nicht so sein sollte.«

»Kann ich nun zu meiner Frau?«

»Wir haben ihr eine Spritze für mindestens zwölf Stunden gegeben. Sie war ziemlich durcheinander, wie Sie ja wissen.«

»Ja. Ich werde dann besser morgen wiederkommen.«

Johnnie ging nach Hause und starrte dort für zehn Minuten die Wände an. Dann wußte er, daß er das nicht aushalten würde, und zog sich komplett um. Gerade als er gehen wollte, läutete das Telefon.

»Hallo, hier Johnnie Castor.«

»Johnnie, hier spricht Nancy.« Die Stimme war ihm nur zu bekannt.

»Nancy? Ich befürchte, daß Sie falsch –«

»Nancy Crosby. Du weißt, warum ich anrufe – oder nicht, Johnnie?« Sie lachte. Ihre Stimme war noch um einiges kehliger, als er sie in Erinnerung hatte. »Ich muß dich sowieso wegen etwas sehen, Johnnie, warum kommst du dann nicht einfach her und sagst mir mal wieder guten Tag?«

»Jetzt?«

»So schnell du kannst!«

»Ich weiß nicht, Nancy. Warum mußt du mich denn unbedingt sprechen?«

»Das kann ich nicht durch das Telefon sagen, Johnnie. Was ist denn los? Hast du Angst vor mir?«

Johnnie kam in Verlegenheit. »Ich meine nur, daß das ein bißchen unerwartet kommt.«

»Ich weiß, daß es sich nicht gehört, jemand um diese Nachtstunde anzurufen, aber es ist sehr wichtig. Wann kommst du?« Ihre Stimme war süß wie Honig. Johnnie spürte, wie es warm in seine Lenden stieg.

»Also gut, Nancy. Wo kann ich dich treffen?«

Sie gab ihm ihre neue Adresse und sagte ihm, daß das Licht auf der Terrasse brennen würde.

Er konnte es immer noch nicht glauben, daß Nancy Dorian herausgebracht hatte, wo er wohnte. Vielleicht hatte sie seine Brieftasche durchsucht, als er schlief, nachdem er es mit ihr gemacht hatte – vor zwei Jahren außerhalb Camp Pendleton. Vielleicht hatte sie auch einen schnellen Blick auf seinen Führerschein geworfen, als er ihn dem Friedensrichter zur Identifikation vorgelegt hatte. Das war gewesen, als er Nancy Dorian geheiratet hatte.

Er fand leicht hin. Nach zehn Minuten kam er an. Er war ein wenig nervös und besorgt wegen dem, was Nancy von ihm wollte. Aber ihre Stimme hatte schon von jeher genügt, um einen Mann die Wand hochgehen zu lassen. Es war ein einfaches Haus mit einem kleinen, jedoch gepflegten Vorgarten. Er suchte vergebens eine Glocke und klopfte.

»Hallo, Geliebter. Du siehst besser aus denn je.«

Und sie auch. Aus einem hübschen, etwas staksigen Mädchen war eine schöne Frau mit den richtigen Formen am richtigen Platz geworden. Sie hatte sich so angezogen, daß er dies sofort bemerken mußte. Sie trug ein Nachthemd und, damit es nicht zu herausfordernd aussah, einen dünnen, weit ausgeschnittenen Bademantel, der ihre Brüste zur Hälfte frei ließ. Sie führte ihn ins Wohnzimmer und bot ihm Platz auf der Couch an. Er lehnte einen Drink ab, und sie setzte sich neben ihn. Ganz dicht. Er konnte die Rundung ihres Schenkels spüren. Sie hatte offensichtlich gerade gebadet und sich leicht parfümiert.

»Wir haben uns lange nicht gesehen, Nancy, und dabei hätte es auch bleiben sollen. Also, was willst du nun von mir, was absolut nicht aufgeschoben werden kann?«

»Hast du wirklich keine Ahnung, Liebling?« Sie rutschte noch ein wenig näher zu ihm hin. Johnnie legte einen Arm um ihre Schultern.

»Das nenne ich aber nicht dir einen Gefallen tun.«

»Aber ich denke so darüber. Du mußt eine Menge dazugelernt haben, seit du nicht mehr bei mir bist. Ein so gutaussehender Mann wie du. Ich möchte wetten, daß du genau weißt, wie man eine Frau glücklich macht.«

»Ich höre kaum Klagen.«

Darauf könnte ich wetten. Ich habe in den vergangenen drei Jahren sehr viel an dich gedacht.«

»Wenn du so oft an mich gedacht hast, warum kam dann nie ein Lebenszeichen von dir?«

»Ich konnte nicht schreiben. Ich hatte einen ständigen Freund und habe bald geheiratet. Aber es war mir nicht möglich, auch nur länger als einen Tag nicht an dich zu denken.«

»Tatsächlich?« Johnnie wurde immer unruhiger.

»Ich habe mich besonders gern an die Dinge erinnert, die wir zusammen im Bett gemacht haben – und dann habe ich ja auch gewußt, wo du wohnst. Das wurde mir selbst immer gefährlicher, und ich habe meinen Mann dazu überredet, daß wir noch weiter weggezogen sind, um damit ein neues Blatt umzuwenden.«

»Es war unnötig, daß du dir solche Mühe gemacht hast.«

»Das weiß ich inzwischen auch. Um so mehr, als ich mir selbst in den Hintern treten könnte, weil Pete kein neues Blatt umgewendet hat, noch viel weniger sich mir im Bett zugewandt, um mir das zu geben, was ich oft brauche. Du mußt übrigens meinen Mann kennen. Er war in derselben Einheit wie du. Pete Crosby.«

Der Name traf Johnnie unter der Gürtellinie, genau so, wie dies Petes Mundwerk getan hatte. Ja, es gab nur einen Pete Crosby in seinem Fallschirmjägerregiment, und er kannte diesen Pete nur zu gut.

»Hast du Pete gesagt? Pete Crosby?«

»Ja. Kannst du dich an ihn erinnern?«

»Der Bursche, der all die Frauen und Kinder in dem bewußten Dorf in Vietnam abgeknallt hat?«

»Ja, das stimmt. Seit seiner unehrenhaften Entlassung ist er Lkw-Fahrer. Er ist sehr viel unterwegs, zu viel. Kannst du erwarten, daß eine Frau wie ich das lange durchhält?«

»Eigentlich nicht. Aber du bist immerhin verheiratet, Nancy, und –«

Sie legte eine Hand auf seinen Schenkel. »Ich weiß, Johnnie, und glaube ja nicht, daß mir das egal ist. Pete weiß, daß ich mit anderen Männern schlafe; er macht sich nichts daraus. Er findet sich damit ab. Wenigstens solange ich es diskret treibe und er nicht damit konfrontiert wird.«

»Ja?« fragte Johnnie zweifelnd. »Er schien mir gar nicht der Typ zu sein.«

»Er ist nicht mehr der, der er früher war, nicht mehr derselbe Mann. Tatsache ist –« Sie senkte den Blick. »Ich wollte nicht darüber sprechen, Liebling, aber er ist überhaupt kein Mann mehr. Er wurde im Krieg verwundet, du verstehst, und wir leben wie Bruder und Schwester zusammen. Erst wollte ich ihn verlassen, aber er hat mich gebeten, es nicht zu tun. Er wollte nicht, daß es die Leute erfahren, daß er seine Mannbarkeit in Vietnam verloren hat.«

»Verdammt noch mal! So hat's den alten Pete also erwischt!«

»Du sagst aber niemand etwas davon, Johnnie! Es würde ihn umbringen. So wie ihn die Sache mit dem Dorf in Vietnam fast umgebracht hat. Er war damals überzeugt gewesen, daß er richtig gehandelt hatte, auch wenn Frauen und Kinder darunter waren.«

Johnnie wollte das Thema wechseln. »Und du bist sicher, daß Pete nicht furchtbar wütend wird; ich meine, wenn –«

»Liebling, hast du mir nicht zugehört? Du weißt doch nun, wie er dran ist. Du würdest ihm nur einen Gefallen tun.«

»Ja, schon. Aber ich möchte nicht, daß Pete böse auf mich ist.«

Sie bewegte ihre Hand zu seinem Hosenschlitz, und er spürte, wie sich ihre Finger leicht auf sein Kerlchen legten. Es begann, sich in seiner Hose zu regen.

»Nun, Nancy, sieh mal her, ich bin nicht sicher –«

»Komm, Liebling.« Sie zog den Reißverschluß an seiner Hose herunter, ihre Hand schlüpfte hinein. Sein Süßer erwachte sofort zu vollem Leben, und er wußte, daß sein Verstand bereits jetzt gegen seinen Körper verloren hatte.

»Wohin geht's zum Schlafzimmer?« Das Sprechen fiel ihm nicht leicht. Seine Stimme war wie eine überdrehte Uhrfeder.

»Komm mit mir«, flüsterte sie und stand auf. Im Gehen knöpfte er sein Hemd auf. Das Schlafzimmer war klein, mit einem durchgelegenen Bett, sonst kaum möbliert. Johnnie ließ Hose und Slip auf einmal fallen, das Hemd daneben, und kickte dann seine Schuhe weg, Socken und Unterhemd folgten; er war nackt.

Nancy hatte auch keine Zeit verloren. Sie zeigte nur noch nackte, glatte Haut und war dabei, das Bett aufzudecken. Johnnie ging zu ihr und umfaßte von hinten ihre Brüste. Sie waren noch voller, als sie vor drei Jahren gewesen waren, und er spürte den Puls in seinen Schläfen pochen, als er sie berührte.

Sie drehte sich sofort herum, preßte ihren Körper an seinen. Seine Hände waren zuerst auf ihrem Rücken, rutschten dann aber hinunter zu ihren festen Pobacken. Sie wand sich an ihm; sein Glied war hart genug, um einen Regenschirm daran zu hängen. Schlanke Hände glitten seinem Leib entlang, kamen an seinem Süßen zu einem Halt. Das Gefühl, das durch Johnnies Körper schoß, war nicht weniger überwältigend als das, welches ihn überlaufen hatte, als er das erstemal in Nancy eindrang. Er stöhnte laut und drückte sie aufs Bett hinunter.

Sie stieß einen Lustschrei aus; sie legte ihre Arme um seinen Nacken und ihre Schenkel um seine Taille; er war von ihr gefangen. Johnnie begann einen schnellen, gleichmäßigen Rhythmus und versuchte, an etwas völlig anderes zu denken, weil er spürte, daß er sich nicht sehr lange würde beherrschen können. Ihr Unterleib bewegte sich mit ihm; er spürte, wie sie immer feuchter wurde, während ihre Lust immer größer wurde und sie sich ihrem ersten Orgasmus näherte. Zu seinem Glück reagierte sie sehr schnell, denn bald wurde jedes Denken in ihm ausgelöscht, und er kam mit so einer Gewalt, daß es seinen Körper spasmisch zusammenzog. An den unartikulierten Lauten, die aus ihren weit geöffneten Lippen kamen, merkte er, daß auch sie soweit war. Sie steigerte ihre Bewegungen noch für einen letzten Wollustausbruch – und dann war es vorüber.

»Mannomann«, keuchte er. »Bei dir hatte sich aber was angesammelt!«

»Ja, Liebling. Ich habe es dir doch gesagt; es ist seit dem letzten Mal sehr lange her.«

Er dachte plötzlich daran, daß sie früher nie so schnell gewesen war. »Das wird nicht mehr vorkommen, meine Dame. Solange du so gut bist, kannst du mit mir rechnen. Du bist die schnellste Frau, mit der ich je geschlafen habe.«

»Ich fasse das als Kompliment auf.«

»Du kannst das auffassen, wie du willst. Es ist nun mal eine Tatsache.«

»Und wenn du es auch in Zukunft so kannst wie gerade, dann kannst du jederzeit bei mir vorsprechen. Pete ist auswärts. Ich brauche keinen anderen, ich gehöre dir.«

»Und Pete.«

»Das habe ich dir ja ausführlich erklärt.«

»Versteh mich bitte nicht falsch, Süße, ich will nicht stänkern. Du hast einen Ehemann, der dich verhält, und mich für das Bett. Also kein Grund zur Klage für mich. Er bezahlt die Herrlichkeiten, die ich genieße.«

»Eine geradezu ideale Situation, hm?«

»Das kann man wohl behaupten. Wenn du also willst, daß ich meinem alten Kameraden einen Gefallen erweisen soll, dann zögere nicht, mich zu rufen.«

»Das klingt ja gerade so, als ob du Pete in dieser Nacht keinen Gefallen mehr erweisen wolltest.«

»So ein Blödsinn! Merkst du denn nicht, daß ich dabei bin, neue Kräfte für den nächsten Angriff zu sammeln?«

Sie kicherte. »Vielleicht kann ich das ein bißchen beschleunigen.« Ihre Hand kam zu seinem Schnucki, hob ihn etwas an, machte nette Dinge mit ihm, und er tat ihr den Gefallen und wurde steif. »Siehst du? Ab jetzt bin ich Nancy, der Penisdoktor. Ich kann ihn innerhalb kurzer Zeit zu neuem Leben erwecken.«

»Du bist eine Spezialistin. Und nachdem du ihm das Leben geschenkt hast, mußt du ihn auch füttern.«

»Gut. Bring ihn gleich mal ans Silo heran!«

Johnnie lachte und schob sich über sie. Sein harter Johnnie streifte über ihre glatte, weiche Haut, dann glitt er in sie hinein.

»Liebling, da bin ich wieder!«

Die Stimme kam aus dem Wohnzimmer, und für einen Moment drang sie gar nicht ins Bewußtsein der beiden. Johnnie sah die Frau unter ihm an und sie sah hinauf zu ihm, mit Augen so groß wie Silberdollars.

»Himmel!« flüsterte sie. »Er sollte doch erst morgen nacht zurückkommen!«

»Oh«, sagte Johnnie nur und rollte sich von ihr herunter. Pete kam ins Schlafzimmer; in Johnnies Augen war er viermal größer.

»Hey, Schatz, wo zum Teufel sind –« Er sah sie für einen Augenblick an, als ob er seinen Augen nicht traute. Johnnie hob seine rechte Hand zum militärischen Gruß.

»Hallo, Captain Crosby.«

»Hallo?« Pete sah ihn mit ungläubigem Staunen an. »Du sagst auch noch ›Hallo‹! Ich finde dich zusammen mit meiner Frau im Bett, und du hast die Nerven, um ›hallo‹ zu sagen!«

Johnnie kletterte aus dem Bett. Er hob nochmals seine Hand, aber diesmal in einer beruhigenden Geste.

»Nun, Pete, reg dich nicht auf. Es war nur ein kleiner Fehler in der Zeitberechnung. Wir hatten damit gerechnet, daß du erst morgen – «

Pete machte einen drohenden Schritt auf ihn zu. »Castor, du mußt verrückt geworden sein!«

»Beruhige dich doch, Pete, um Himmels willen. Habe ich nicht schon gesagt, daß es mir leid tut? Wenn nicht, also, es tut mir leid. Ich werde in Zukunft achtsamer sein.«

»Du wirst in – « Pete war nahe daran zu ersticken. »Hör mal zu, mein Freund, das einzige, bei was du in Zukunft achtsamer sein mußt, ist pissen, weil ich dir ihn um deine verdammte Schnauze schlage!«

»Pete, nun hör endlich auf! Du brauchst hier keine solche Schau abzuziehen. Nancy hat mir alles über deine Schwierigkeiten erzählt und – «

»Meine was? Wovon zum Teufel redest du denn da?« Pete schien in einer Art Schock zu sein, und Johnnie hatte das Gefühl, daß dies der einzige Grund war, warum er nicht schon längst zum Angriff übergegangen war.

»Du weißt das doch selbst. Deine Verletzung im Krieg, und nun kannst du nicht mehr – na, du weißt doch.«

»Ich kann nicht mehr was?« Er wurde plötzlich aschfahl. Sein Blick ging zu Nancy, die im Bett kauerte. »*Du* hast ihm das erzählt? Du hast ihm das erzählt?« wiederholte er wie eine steckengebliebene Schallplatte.

»Warum auch nicht, Pete.« Johnnie versuchte, einen beruhigenden Ton zu treffen. »Aber du kannst ganz sicher sein, daß dieses Geheimnis bei mir gut aufgehoben ist.«

Pete ging wortlos zum Bett und Johnnie zu seinen Kleidern und hob sie auf.

»Du hast ihm das erzählt?« wiederholte Pete.

»Nein, Liebling, er sagt das nur, um aus der Sache herauszukommen. Du kennst mich, Lieber, ich bin doch nicht gewitzt genug, um auf so was zu kommen.«

Mit einem Satz war er am Bett. Seine Faust umschloß eines der Handgelenke von Nancy und zerrte sie aus dem Bett. Johnnie zog seine Unterhose und dann seine Hose an. Er klemmte seine Schuhe unter den Arm und flüchtete zur Tür. Hinter sich hörte er das Wehgeschrei Nancys. Auf dem Weg nach Hause zog er sich vollends an, indem er jeweils das Rotlicht der Ampeln ausnützte. Er hatte seine Socken, die sein Monogramm trugen und die Mary für ihn gestrickt hatte, zurückgelassen. Er dachte nicht daran, deshalb nochmals umzukehren.


## VIERTES KAPITEL

Zwei Abende später rief Johnnie zum drittenmal in der Klinik an – und zum drittenmal erhielt er von Doktor Bronson die Auskunft, daß Mary doch länger für ihre Genesung brauchen würde; mindestens noch eine Woche, und daß er sie so lange auch nicht besuchen könnte.

Johnnie ging in ein Gasthaus und bestellte einen doppelten Bourbon und Wasser. »Mensch, hallo, du alter Hundesohn«, sagte eine Stimme hinter ihm. Er drehte sich um und versuchte im Halbdunkel den Sprecher zu erkennen.

»Fuzzy? Wo bist du. Habe dich lange nicht mehr gesehen.«

»Und wer ist daran schuld? Seit du es regelmäßig haben kannst, bist du dir zu gut für deine alten Freunde!«

Fuzzy war lange Jahre ein guter Freund Johnnies gewesen, der auch bei seiner Heimkehrparty teilgenommen hatte und dann an seiner Hochzeitsfeier. Und immer hatte Johnnie nie genug Zeit gehabt, um mit ihm zu sprechen.

»Komm zu mir an den Tisch«, sagte Fuzzy, und Johnnie nahm sein Glas und ging zu ihm an den kleinen Tisch im Hintergrund. Es saß noch jemand da, und er sah, daß es eine junge Frau war. Sie war recht hübsch. Johnnie war überrascht, weil Fuzzy eigentlich nie allzu große Chancen bei den Frauen hatte. Er hatte sich deshalb meist mit Dirnen abgegeben. Und dann erkannte Johnnie die Frau und war überhaupt nicht mehr überrascht.

»Hallo, Johnnie«, sagte sie kühl.

»Hallo, Nancy.« Er hätte sich eine Möglichkeit gewünscht, von hier wegzukommen, ohne Fuzzy zu beleidigen, aber es ging nicht.

»Nancy und ich kommen sehr oft hierher«, sagte Fuzzy. »Ich habe dich hier nicht mehr gesehen, seit du den verhängnisvollen Schritt gemacht hast.«

»Ja, ich bin seither nicht mehr viel ausgegangen«, sagte Johnnie und warf Nancy dabei einen bösen Blick zu.

»Wo ist die Kette und die Eisenkugel?« fragte Fuzzi.

»Mary ist im Krankenhaus. Sie hatte eine Frühgeburt.«

»Oh, das tut mir leid. Ich habe nicht einmal gewußt, daß sie schwanger war. Wenn ich dir irgendwie helfen kann, dann brauchst du es nur zu sagen, das weißt du doch, alter Junge.«

»Ja, ich weiß das, Fuzzy. Danke.«

»Ist das nicht eine ganz dumme Sache, Nancy?«

»Ja, eine ganz dumme Sache.«

Sie tranken eine Weile miteinander, und dann sah Fuzzy auf seine Uhr. »Himmel, ich habe gar nicht auf die Zeit geachtet, muß mich beeilen. Ich mache Schichtarbeit. Macht es dir etwas aus, Nancy für mich heimzufahren, Johnnie?«

Johnnie blickte Nancy über den Tisch hinweg an und sah ihre großen, leuchtenden Augen auf sich gerichtet.

»Selbstverständlich gern.«

»Ich komme auch so nach Hause«, sagte Nancy.

»Nein, Liebes, ich habe es nicht gern, wenn du bei Nacht durch die Straßen gehst. Johnnie wird dich sicher und gut nach Hause bringen. Vielen Dank, Johnnie.«

»Ist doch selbstverständlich, alter Kumpel.«

»Fuzzy arbeitet wohl immer noch beim Bahnhof, hm?« fragte er, als dieser gegangen war.

»Er wird dort bleiben, bis er in Pension geht oder von einer Lok überfahren wird.«

Johnnie bestellte noch zwei Drinks.

»Nun, ich warte«, sagte Nancy und sah ihm dabei direkt ins Gesicht.

»Du wartest – auf was?«

»Darauf, daß du mir die Hölle heiß machst. Ich will dir gar nicht vormachen, daß es mir leid tut, daß du die Schwierigkeiten mit meinem Mann gehabt hast – du hättest erst die Schwierigkeiten erleben sollen, mit denen ich zu kämpfen hatten, nachdem du gegangen warst.«

Johnnie spürte, daß seine Knöchel weiß wurden, als er die Tischkante umklammerte. Er überlegte, ob sie wohl ihren Ehemann so gut kannte wie er.

»Komm.« Er stand auf. »Ich bringe dich jetzt heim.«

»Ich will nicht nach Hause, wenn ich zu etwas ganz anderem aufgelegt bin«, sagte sie, und er bemerkte, daß sie leicht betrunken war.

»Ich fahre dich nun heim«, wiederholte er. »Ich möchte nicht, daß einem so anständigen Mädchen wie dir etwas geschieht.«

»Laß mich doch, du Idiot!« Aber sie stand doch auf und ging mit ihm.

Johnnie fuhr sie nach Hause. Nancy sagte nichts, als er sie zur Haustür begleitete, auch nichts, als er sie fragte, wann Pete zurückkäme. Er schloß die Tür für sie auf, legte eine Hand auf ihren Arm und führte sie hinein.

»Wohin zum Teufel glaubst du, daß du nun gehen kannst, Bastard?«

»Halt die Klappe.« Er kickte die Tür mit dem Absatz zu. Nancy wehrte sich, als er sie zum Bett dirigierte, aber nicht sehr. Er setzte sie auf das Bett und begann, sie schnell auszuziehen. Sie lag da und beschimpfte ihn ununterbrochen, aber sie machte keinen ernsthaften Versuch, ihn aufzuhalten. Als er ihr das Höschen hintergezogen hatte, zog er sich selbst aus. Nancy stützte sich zu einer halb sitzenden Position auf.

»Johnnie, verdammt noch mal, ich möchte nicht, daß du das tust. Mach, daß du rauskommst!« Er unterbrach seine Tätigkeit für einen Moment und sah sie an.

»Also gut, wenn das so ist.« Er drehte sich um, nachdem er sein Hemd wieder angezogen hatte, und ging ins Wohnzimmer. Er hatte erst drei Schritte gemacht, als sie hinter ihm herfauchte.

»Du Hundesohn!«

Johnnie ignorierte sie und marschierte durch die Tür. Plötzlich war sie hinter ihm, trommelte mit den Fäusten auf seinen Rücken. »Ich hasse dich, hasse dich! Du weißt, daß du etwas zwischen den Beinen hast, was mein Mann nicht hat.« Johnnie drehte sich um, ergriff ihre Handgelenke. Er lachte. Dann war sie ganz dicht bei ihm, ihr nackter Leib an ihn gepreßt, die Arme um seine Mitte.

»Ich liebe dich. O Johnnie, ich liebe dich. Warum hast du mich verlassen? Ich habe doch nicht viel von dir verlangt; wollte nur deine Frau sein. Das war alles. Ich bete dich an, Johnnie.« Sie sank auf die Knie, und ihre Arme rutschten zu seinen Schenkeln hinab. Sie vergrub ihr Gesicht an seinem Unterleib, und Johnnie spürte, wie sein Schnucki hart wurde. Nancy merkte es auch und blickte lächelnd zu ihm auf. Wie von selbst ging ihre Hand zum Reißverschluß seiner Hose und öffnete ihn. Johnnie zuckte zusammen und mußte sich an ihren Schultern festhalten. Er hörte ihren Atem schneller gehen, während sie in seine Hose griff und sein Kerlchen herausholte. Weiche, feuchte Lippen berührten die Spitze, und es wurde härter, stieß gegen ihre Hand. Ihre Zunge kam heraus, umspielte die empfindliche Haut. Johnnies Knie wurden weich, und er mußte sich sehr zusammennehmen, um aufrecht stehenzubleiben, weil seine Erregung so stark wurde, daß er alles nur noch ganz verschwommen sah. Nancys Hände streichelten die Innenseiten seiner Schenkel, gingen von dort zu seinen Dingdongs und hoben diese leicht an, liebkosten sie. Sein Körper war plötzlich schweißnaß, zitterte und zog sich durch unkontrollierbare Muskelkontraktionen zusammen. Er konnte Nancy stöhnen hören, die mehr und mehr durch das, was sie tat, erregt wurde. Er wußte, daß er sich nicht mehr sehr lange beherrschen konnte. Keuschend kam der Atem aus seinem weit geöffneten Mund, und dann war es soweit. Der Orgasmus packte ihn mit Urgewalt. Er zog seinen ganzen Körper zusammen; er mußte die Augen schließen, und rote Flammen zuckten durch sein Hirn. Als es vorüber war, wankte er rückwärts, sein Körper zitterte vor Schwäche und Erschöpfung. Nancy kniete immer noch auf dem Boden und lächelte glücklich zu ihm auf. Johnnie ging unsicher ins Schlafzimmer und ließ sich dort auf das Bett fallen, wo er mit geschlossenen Augen lange schwer atmend liegenblieb.

Plötzlich merkte er, wie das Bett unter ihm nachgab, und er wußte, daß sie nun neben ihm lag; ihre Brüste berührten seinen Arm. »Komm«, sagte sie, »ich helfe dir aus den verschwitzten Kleidern.«

»Ich kann mich selbst ausziehen, Nancy. Sooo umwerfend bist du nun auch wieder nicht!« Er setzte sich auf und zerrte an seiner Kleidung. Als Johnnie aufstand, um seine Hose auf den Boden fallen zu lassen, warf Nancy die Bettdecke ebenfalls hinunter.

Die Laken waren kühl und frisch unter ihm, und er war plötzlich sehr müde. Er legte sich bequem hin und schlief bald ein. Aber Nancy hatte das gar nicht gern. Sie rückte zu ihm hin und umfaßte sein Glied. Das hatte eine Reaktion seiner Muskeln zur Folge, daß es ihn im Bett hochzucken ließ. Nancy kicherte und fuhr mit dem Daumen über die Kerlchenspitze. Johnnie stieß einen Schrei aus und langte hinunter, um ihre Hand wegzunehmen. Sie beugte sich nach vorn und küßte ihn auf den Bauch und auf die Brust. Dann ließ sie sein Kerlchen los, strich mit beiden Händen über ihn hin, hatte eine sinnliche Freude lediglich durch den Kontakt mit seiner bloßen Haut. Johnnie versuchte, ihre Hände wegzustreifen, aber sie schienen überall auf einmal zu sein. Und die Erregung begann in ihm aufzusteigen.

»Du raffiniertes Biest!« keuchte er, aber sie lachte nur leise und machte weiter, nahm sein Jungchen wieder in ihre heiße Hand. Es wuchs zusehends in ihren Fingern.

Sie kletterte auf ihn, dirigierte ihn in den Eingang ihrer Liebesgrotte. Langsam, nach und nach. Zuerst den Kopf, und nach einer Pause verlegte sie ihr Gewicht nach vorne, hielt sich an seinen Handgelenken fest. Sie zog ihren Bauch ein und ließ ihn wieder herausschnellen. Diese Bewegung ließ auch ihren Schoß sich zusammenziehen, und Johnnie meinte, verrückt zu werden. Er wollte sie ganz auf seinen Süßen hinunterdrücken, aber er wurde durch ihre Gewicht niedergehalten. Nancy lachte und setzte sich ein wenig weiter nach unten. Johnnie stöhnte. Nancy lachte und beugte sich tief zu ihm hinunter, bis ihre großen Brüste seine Brust berührten. Sie küßte ihn auf den Mund und langte dann zwischen ihren heißen Körpern hinunter zu der Wurzel seines Gliedes, die noch nicht in ihr war. Als er die Berührung spürte, konnte er einen Schrei nicht mehr zurückhalten. Nancy streichelte sein Glied, kraulte in den Schamhaaren. Und dann zog sie plötzlich die Hand weg und ließ sich ohne Vorwarnung ganz auf ihn fallen. Sie hockte auf Johnnies Bauch, mit seinem Kleinen tief in ihr. Ihr Körper bog sich vor Lust, und auch sie stieß kleine Schreie aus. Aus Johnnies Mund kamen unartikulierte Laute.

Sie bewegte ihren Körper schnell, beschrieb Kreise, glitt hinauf und hinab, zog ihre Muskeln zusammen und bewegte ihre Beine, alles zur gleichen Zeit. Johnnies Kopf flog von einer Seite auf die andere; er sah schon lange nichts mehr deutlich. Als sie auf ihn fiel, spürte er das noch, aber dann erreichte er seinen Höhepunkt so schnell, daß alles um ihn herum ausgelöscht war, nur von ganz weit her meinte er noch ihren lauten Lustschrei zu hören.

Total erschöpft und schlaff lag er da. Nun mußte er sich ausruhen, mußte er schlafen. Und als er seine Augen schloß, kam wieder ein Alptraum auf ihn zu, wie stets, seit er wußte, daß Pete Crosby in der Stadt war.

Johnnie hob Nancy an, eine Hand in ihrem Nacken und

die andere zur Faust geballt. Er schaute einen Moment auf sie hinunter und ließ dann die Hand auf das Bett zurückfallen. Er war wie gelähmt vor Angst. Dann wußte er wieder, wo er war; er stand auf und zog sich an. Seine Kleider fühlten sich klamm und unsauber an.

»Gehst du heim, Johnnie?«

»Ja. Und wir werden niemals wieder so zusammenkommen, Nancy.«

»Doch, das werden wir. Du wirst wieder zu mir kommen. Ich glaube, daß du und deine engschenklige Frau eine üble Zeit vor sich haben, Liebling. Ich habe sie gesehen, Pete hat sie mir gezeigt. Ich weiß, daß du das nicht von ihr bekommen wirst, was ich dir gern geben will.«

»Du bist ein richtiges Luder.«

»Wenn ich das bin, dann hast du mich dazu gemacht. Und noch etwas hast du mir gelernt: Ich weiß, was für ein Schwächling du bist, wenn der da unten sich bei dir regt.«

Johnnie knöpfte sein Hemd zu. »Nichts weißt du. Gar nichts. Ich werde nie wieder zu dir kommen.«

Ihr Lachen klang immer noch in seinen Ohren, als er das Haus verließ. Er fuhr so schnell er konnte nach Hause. Als er sein altes Auto parkte, entdeckte er, daß er vergessen hatte, ihr ihren Schlüssel zurückzugeben.


FÜNFTES KAPITEL

Zwei Tage später kam Mary nach Hause. Sie war einsilbig und redete nur das Notwendigste. Johnnie versuchte, eine Unterhaltung in Gang zu bringen, aber sie zog sich nur um so mehr vor ihm zurück.

»Es ist schön, daß du wieder hier bist, Liebling«, sagte er, gegen seine Überzeugung.

»Tatsächlich?«

Johnnie überhörte den Ton ihrer Antwort. »Ich habe mit Mrs. Carter, unserer Nachbarin, gesprochen, und sie wird von Zeit zu Zeit nach dir sehen, bis du wieder ganz gesund bist. Wenn ich bei der Bank bin, meine ich. Ich meine, daß das nett von ihr ist«, endete er lahm.

»Ja. Sie ist nett.«

»Der Doktor meinte, daß wir für eine Weile keinen Geschlechtsverkehr haben sollten.«

»Ich weiß.«

»Das ist mir klar. Ich wollte es dir nur sagen, daß er mit mir in dieser Hinsicht gesprochen hat und daß ich dich in Ruhe lassen werde, bis du völlig in Ordnung bist.«

Mary sah ihm direkt in die Augen. »Das ist verdammt großmütig von dir, Johnnie.«

»Nun, sieh mal – «

»Übrigens habe ich dem Arzt nicht gesagt, was an diesem Abend vorgefallen ist. Das nur für den Fall, daß du dir deshalb Gedanken gemacht haben solltest. Ich habe einem Sturz die Schuld gegeben.«

»Das ist verdammt großmütig von dir«, wiederholte er ihren Zynismus.

»Ich habe mit mir gekämpft, ob ich ihm nicht die Wahrheit sagen sollte, aber ich möchte nicht, daß die Leute wissen, mit welchem Hundesohn ich verheiratet bin.«

Johnnie stand auf. »Ich weiß nicht, warum du mir die ganze Schuld in die Schuhe schieben willst. Sicher, die Frühgeburt könnte dadurch vollends ausgelöst worden sein, aber da ist sonst noch etwas nicht in Ordnung gewesen.«

»Also liegt die Schuld bei mir?«

»Verdammt noch mal, Mary, ich gebe überhaupt niemand die Schuld! Vielleicht wäre es gut, wenn du dich daran erinnern könntest, daß du mir nichts davon gesagt hast wie übel du dich fühlst.«

»Doch. Ich habe erwähnt, daß es mir nicht so gut geht.«

»Das hätte auch bedeuten können, daß du erkältet bist oder so. Was verlangst du denn von mir? Daß ich Gedanken lesen kann? Und was hast du denn getan? Du hast mich ja geradezu überfallen. Wenn du so furchtbar übel dran warst, warum hast du das dann gemacht?«

Tränen stiegen in ihre Augen. »Ich wollte es recht machen.«

»Okay, okay. Aber du kannst doch von mir nicht verlangen, daß ich mich beherrsche, wenn es schon einmal soweit ist. Oder?«

»Soll ich das vielleicht als ein Kompliment auffassen?«

»Ja! Das ist eines. Du bist die begehrenswerteste Frau, die ich je gekannt habe. Und du kannst nicht das Ding deines Mannes in die Hand nehmen, daran herumdrücken und dann gute Nacht sagen!«

»Es hat keinen Sinn, darüber noch weiter zu diskutieren. Deine Ausdrucksweise ist wie die der Inschriften an Abortwänden!«

»Du bist doch nicht mehr normal! Oh, mein Gott, warum ist mir nichts Besseres eingefallen als eine schenkelzusammenklemmende Jungfrau zu heiraten!«

»Ich war keine Jungfrau mehr, als wir heirateten. Ungefähr eine Stunde nicht mehr.«

»Kommen noch weitere Schläge unter die Gürtellinie?«

»Das hätte mir schon deine Ansicht vom Leben zeigen sollen. Du hast nur an Sex gedacht. Ich hatte aber gehofft, daß sich das ändern würde, daß du einsehen würdest, daß es auch noch andere Dinge in einer solchen Gemeinschaft gibt.«

»Ja, ich bin die große Enttäuschung deines Lebens!«

»Das ist gar nicht so lustig!«

Johnnie ging ins Schlafzimmer und zog seinen Mantel an. Er ging an ihr vorüber und sie saß immer noch so da, wie eine Statue. Als er an der Tür war, hörte er sie sagen:

»Johnnie. Bitte, tu das – « Ihre Stimme war ganz klein.

Er drehte sich nach ihr um. »Ja?«

»Bitte – « Tränen rannen über ihr Gesicht, und er wäre gern zu ihr hingegangen, ihr über das Haar gefahren und nett zu ihr gewesen. Aber der Stolz war im Weg; sie müßte ihm schon ein deutlicheres Zeichen geben. »Bitte beeil dich wegen mir nicht«, sagte sie aber nur.

Er fuhr ziellos durch die Stadt und entschied sich dann für einen Drink. Als er den Motor ausschaltete, bemerkte er einen alten Messingschlüssel an seinem Bund. Es war Nancys Schlüssel.

Als er zu ihrem Haus kam, war niemand da. Im Kühlschrank fand er eine Dose Bier. Er ging ins Schlafzimmer; das Bett sah nun unschuldig, leer und gut gemacht aus. Er stellte sein Bier auf den Nachttisch, zog die Schuhe aus, und machte es sich auf dem Bett bequem. Er würde so liegen bleiben und auf sie warten.

Er wachte an einem leichten Schwanken der Matratze auf und spürte etwas Warmes, Feuchtes auf seinem Gesicht. »Hey, Freund«, sagte Nancy. Sie küßte ihn wieder, diesmal auf den Mund, ließ ihn ihre Zunge fühlen. Johnnie griff nach oben, zog sie zu sich hinunter.

»Holla«, sagte sie lachend, »kannst du nicht warten, bis ich mich ein wenig sauber gemacht habe?«

»Zum Teufel damit«, knurrte er.

Seine Hände fuhren hungrig über ihren Körper, spürten die warme Weichheit durch das Minikleid hindurch. Er rollte sich herum, brachte sie unter sich. Und im Laufe der nächsten Sekunden zog er ihr Kleid bis weit über ihren Po hinauf. Sie schnappte nach Luft. Johnnies Hand schlüpfte unter den Gummizug ihres Slips und zog das Höschen über die Hüften hinunter. Johnnie war an den feuchten Haaren ihres Schoßes, und sein Johnnie drückte gegen seine Hose. Das Höschen war schnell vollends ausgezogen, er dachte nichts dabei, dachte nur daran, wie er in sie kommen konnte. Beim Abstreifen seiner Hose hörte er nur im Unterbewußtsein das Geräusch, das sein Gürtelschloß, der Reißverschluß und das Kleingeld in der Tasche machte. Er spürte ihre Schenkel an seinen, streifte seine Unterhose hinunter, kickte sie ungeduldig weg. Und dann war sein Kleiner frei, frei und aufrecht; bereit, in das Mädchen unter ihm zu dringen. Ihre Beine öffneten sich für ihn, ohne daß er etwas dazu tun mußte. Er suchte wild vor Verlangen den Weg in sie. Sie stieß einen Schrei aus, als er in sie glitt, und Johnnie spürte, wie sich ihre Muskeln in plötzlicher Lust zusammenzogen. Sein Glied stieß tief in sie hinein, und er hörte sie mehrere Male laut stöhnen und dann ihren erlösenden Schrei, während der Orgasmus sein Bewußtsein sekundenlang ausschaltete und sein Körper nur der unheimlichen Lust gehörte.

Sie lagen eine Weile ruhig nebeneinander, dann merkte er, daß Nancy aufstand. Er hörte das Rascheln ihrer Kleider, aber er sah nicht zu ihr hin, war zu erschöpft und ausgehöhlt. Die Badtür öffnete und schloß sich, und bald hörte er das Rauschen der Dusche. Nach einer Weile kam Nancy zurück, sie trocknete sich im Gehen ab.

»Steh auf«, sagte sie. Johnnie brummte etwas Unverständliches vor sich hin. »Ich möchte gern das Bett richten. Wir können es genauso gut bequem haben, Liebling.«

Er brachte es irgendwie fertig aufzustehen. Sie brachte das Bett in Ordnung; er zog sich vollends aus und ließ sich gleich wieder darauf fallen. Nancy kuschelte sich dicht an ihn.

»Mach dir keine Sorgen, Johnnie«, sagte sie, schien seine Sorgen zu kennen. »Du brauchst sie nicht, hast ja mich.«

Er sah sie an. »Du hast es mir vorausgesagt, daß ich wieder zu dir kommen würde; hast mir gesagt, daß ich ein Schwächling sei und deshalb zu dir zurückkommen würde.«

»Ich war damals sehr böse auf dich. Du bist kein Schwächling, du bist so groß, stark und heiß wie der da unten.« Sie strich mit einem Finger darüber. Er stöhnte, und dann waren ihre Lippen neben ihrem Finger, bewegten sich über seine Spitze vor und zurück. Er keuchte und bäumte sich ihrem Mund entgegen. Sein Glied wurde wieder groß und hart. Nancys Hände streichelten seine Hoden, machten, daß sich alles in ihm zu Knoten aus reinster Lust zusammenzog. Und dann überraschte ihn sein Höhepunkt selbst. Laut schrie er seine Wollust hinaus.

»Siehst du, was ich damit gemeint habe«, flüsterte sie dicht neben seinem Ohr, als alles vorüber war. »Du brauchst die kleine Mary gar nicht, du hast eine richtige Frau bei dir.«

»Danke, Nancy.«

Er blieb zwei Tage bei Nancy, während Pete Düngemittel nach Milwaukee fuhr. Er rief in der Bank an und sagte, daß er nicht kommen könne, weil seine Frau zu krank sei, um allein gelassen zu werden. Nancy tat ihr Möglichstes, um es ihm komfortabel zu machen, und es war schön für ihn, verwöhnt zu werden, alles auf den leisesten Wink zu bekommen.

Nach diesen zwei Tagen war es Samstag, und er wußte,

daß er sie jetzt verlassen mußte. Jetzt oder niemals mehr. Er zog sich an. Nancy hatte seine Sachen gewaschen und gebügelt. An der Tür hängte sich Nancy an ihn, küßte ihn und bat ihn zum vierzigsten Mal, doch bei ihr zu bleiben. Als er die Tür öffnete, sah sie zu ihm auf. Ihr Gesicht war tränenüberströmt. Ihre Hände waren überall an ihm, fanden den Reißverschluß seiner Hose.

Er blieb den Samstag über noch bei ihr und dann noch am Sonntag, solange er konnte. Er hatte sich bereits dazu entschlossen, daß er Mary verlassen würde. Natürlich brauchte er einen Platz, wo er bleiben konnte. Vielleicht war dieser Platz bei Nancy.

Er hatte die Rückkehr zu Mary so lange hinausgeschoben als dies irgend möglich war, aber am Sonntag abend mußte er in sein Auto steigen und heimfahren. »Nicht für lange«, sagte er zu Nancy, als er sie zum Abschied küßte.

Als er seine Wohnungstür aufmachte, traf er das Wohnzimmer genauso an, wie er es verlassen hatte. In der Küche brannte Licht. Er ging leise dorthin, wollte seine Anwesenheit so lange wie möglich verbergen. Mary saß am Tisch und trank Kaffee. Es war noch eine Frau da, und er brauchte eine Weile, bis er sie vom Korridor aus erkannte. Es war Mrs. Carter. Sie sah Mary interessiert an, so als ob Mary ihr etwas Wichtiges erzählte. Als er die Tür ganz aufmachte, sahen sie ihn überrascht an; Mary ließ beinahe die Tasse fallen. Ihre Augen wurden dollargroß, als sie ihn anblickte. Langsam, unsicher stand sie auf. Sie sah ihn stetig an, als ob sie fürchtete, daß er verschwinden würde, wenn sie wegblickte. Sie nahm ihre Arme hoch, und ein Hauch von Parfüm und Shampoon traf ihn, als sie ihm entgegenflog und Stoff und weiches Fleisch ihn berührten. Seine Arme umfingen sie automatisch; er preßte sie an sich, war erstaunt, wie gut sie sich anfühlte.

»Ich, äh –«, sagte Mrs. Carter nervös. »Ich muß jetzt heim. Entschuldigen Sie mich bitte.« Sie eilte aus der Küche, einen Moment später hörte man die Vordertür ins Schloß fallen.

»O Gott, Johnnie«, schluchzte Mary gegen seine Brust. »O Gott, Liebling, ich habe geglaubt, daß ich dich verloren habe, daß ich dich nie wiedersehen würde. Es tut mir alles so leid, so sehr leid, Liebling.« Johnnie hielt sie, strich zerstreut über ihren Rücken, wußte nicht, was er sagen sollte. »Du warst so lange fort, Johnnie, und ich habe nicht gewußt, was passiert war. Ich wußte nicht, ob dir etwas geschehen war, ob du überhaupt noch lebst – oder ob du es einfach leid warst, mit mir zu leben. Es hätte mich nicht gewundert, wenn du nicht mehr zu mir zurückgekommen wärst, aber ich wäre gestorben. Liebling, wo warst du so lange?«

»Ich –«

»Nein.« Sie legte eine Hand auf seinen Mund. »Sag nichts. Es geht mich nichts an, wo du gewesen bist. Es war meine Schuld, daß du gegangen bist.«

»Nun, Mary, ich –«

»Bitte, laß mich nie mehr allein, Johnnie. Du kannst machen, was du willst, aber geh nicht mehr fort. Ich halte es ohne dich nicht aus, Liebling.«

»Mary, Schatz, was –«

»Johnnie, komm! Jetzt. Sofort. Bitte, Liebling!«

»Mary, nein, der Arzt –«

»Ich bin völlig in Ordnung. Bestimmt. Ich weiß das.«

»Ich kann nicht, Mary. Es muß nicht sein.«

»Bitte, komm mit.« Sie nahm ihn bei der Hand und führte ihn ins Schlafzimmer. Er ließ es willenlos geschehen. Alles war irgendwie unwirklich für ihn. Sie stieß ihn auf das Bett, und dann spürte er, daß sie den Reißverschluß seine Hose aufzog.

»Mary, was – «

Er spürte die Lippen seiner Frau. Nach den vier Tagen mit Nancy hätte er niemals geglaubt, daß er in so kurzer Zeit wieder Lust auf Sex haben könnte; aber unter den Liebkosungen seiner Frau, so ungeschickt sie auch nach der erfahrenen Technik Nancys waren, kam sein Verlangen zu neuem Leben.

Mary gab sich alle Mühe und bald stand sein Guter groß und hart vor ihrem Gesicht. Johnnie merkte zu seiner Überraschung, daß er sich sehr beherrschen mußte, damit er nicht zu schnell zur Ejakulation kam. Er wollte den Orgasmus so lange wie möglich hinauszögern, aber lange gelang es ihm nicht. Aufstöhnend gab er sich dem überwältigenden Gefühl hin. Als sein Körper wieder ruhig wurde und er entspannt dalag, fühlte er, daß der Mund seiner Frau mit kleinen Küssen über das erschlaffte Kerlchen hinweghuschte.

Später lag sie neben ihm, hatte ihre Arme um seinen Hals geschlungen. Johnnie fühlte eine innere Ruhe in sich, wie schon lange nicht mehr. Es war gut mit Nancy, oder Faye, aber es war letzten Endes eben doch nur ein physischer Akt mit ihnen. Mit Mary war es mehr, und so schön es mit Nancy auch gewesen war, jetzt, nachdem er wieder wußte, was seine Frau ihm geben konnte, würde er sich nie mehr mit etwas Zweitklassigem zufrieden geben. Ohne daß Alpträume seinen Schlaf beschwerten, lag er ruhig und glücklich neben Mary.

## SECHSTES KAPITEL

Erst nach zwei Tagen dachte Johnnie wieder bewußt an Nancy. Natürlich war sie in seinem Unterbewußtsein, aber er hatte alle Gedanken an sie zur Seite geschoben, damit er nicht an das Problem erinnert wurde, mit dem er irgendwann doch konfrontiert werden würde. Als er also wieder an sie dachte, redete er sich ein, daß er ihr in Wirklichkeit nichts schuldete. Wahrscheinlich lag sie schon wieder mit einem anderen Kerl im Bett, und das Gerede von der ewigen Leibe war eben der übliche Quatsch. Er brachte es beinahe fertig, daß er glaubte, was er glauben wollte – bis zum nächsten Freitag. An diesem Tag betrat Faye die Bank und stellte sich in die Reihe vor seinem Schalter. Er bemerkte sie nicht, bis er den Mann vor ihr bediente und dann war er so nervös, daß er einen Fehler machte. Und das bei einem guten Kunden, der die Bank leicht aufkaufen konnte. Er mußte sich vielmals entschuldigen.

»Was willst denn du hier?« fragte er Faye, als sie vor ihm stand.

»Hier nichts, Johnnie. Ich möchte mit dir reden, wenn du hier fertig bist.«

»Es gibt nichts, was wir zu bereden hätten.«

»Dann fange ich hier und sofort zu schreien an. Und wenn du glaubst, daß ich bluffe – «

»Also gut. Wo?«

»In der Bar an der Blanchard. Wenn du zu lange brauchst, bis du dort bist, könnte ich sehr unruhig werden«, fügte er drohend hinzu.

»Sei vernünftig. Ich muß erst abrechnen.«

»Wann kannst du dort sein?«

»Halb fünf, vielleicht.«

»Okay. Und Johnnie – wenn ich dich wäre, dann würde ich kommen. Wenn du nämlich nicht kommst, dann werde ich einen Skandal heraufbeschwören, wie du ihn in deinem ganzen Leben noch nicht mitgemacht hast.«

Er war pünktlich und setzte sich in einer Nische neben sie.

»Nun möchte ich, daß die Sache, ganz gleich, was es auch sein mag, ordentlich abgewickelt wird, oder ich werde dir die Hölle heiß machen«, sagte er finster.

»Du machst gar nichts. Wenn jemand, dann ich!«

»Faye, hör damit auf, mir zu drohen!«

»Kennst du eine Nancy? Verheiratet mit einem Pete Crosby, glaube ich«, sagte sie.

Es dauerte eine Stunde, bis ihn Faye mit den Einzelheiten der Erpressung vertraut gemacht hatte. Aber sie wollte kein Geld, sie wollte seine Männlichkeit – für immer. Er sollte sich von Mary scheiden lassen, und auch von Nancy, oder sie würde beide wissen lassen, daß er die eine gegen die andere ausspielte. Außerdem war es illegal, zwei Ehefrauen zu haben.

»Nun, machst du, was ich will oder nicht?«

»Faye, versteh doch – «

»Ja oder nein?«

»Gut, wenn du es in einem Wort hören willst: nein.«

»Ich würde mir das sehr gut überlegen, Johnnie. Ganz gut. Weil du nicht ahnen kannst, was ich für dich im Hinterhalt habe und nicht weißt, zu was ich fähig bin. Es ist nicht Mary McCord, mit der du es jetzt zu tun hast, mein Junge. Wenn du nicht bald in meinem Haus bist, dann wirst du dir eines schönen Tages wünschen, nie geboren worden zu sein. Und wenn ich dann gerade dabei bin, dann werde ich dafür sorgen, daß das Flittchen Nancy mich auch nicht vergißt.«

»Nun hör mir mal zu, Faye. Ich hab dir schon einmal deutlich gemacht, was dir geschieht, wenn du etwas gegen Mary machst. Das gilt immer noch. Die geringste Kleinigkeit gegen Mary von deiner Seite und ich zerreiße dich in Stücke und fütterte dich den Hunden. Ist das klar?«

»Was du nicht sagst!« meinte sie grinsend.

»Noch etwas. Es ist ein eigenartiges Ding, wenn man im Krieg war. Man braucht ziemlich lange, bis man sich wieder an zivilisierte Bräuche gewöhnt hat. Das Leben gilt einem immer noch recht wenig, und wenn du jemand ansiehst, dann denkst du ›Freund‹ oder ›Feind‹ und handelst entsprechend.«

»Glaubst du, daß du mir Angst machen kannst?«

Er sah ihr an, daß es ihm gelungen war.

»Ich kann mich daran erinnern, wie wir ein Dorf gesäubert haben, ausgelöscht, besser gesagt. Wir fingen einen Offizier des Vietkong und ein paar Soldaten. Er wollte sich ergeben, aber ich habe ihn erschossen. Seine beiden Männer erschoß ich auch. Und dann war was los in diesem Dorf, und unsere ganze Kompanie ballerte wie verrückt. Nun, liebe Faye, weißt du etwas mehr über mich, und wenn es dir nicht ähnlich ergehen soll wie dem Charlie, der eine Pistole an sich versteckt hatte, dann . . .« Er sprach den Satz nicht zu Ende, ließ die Drohung in der Luft stehen.

»Okay«, sagte sie. »Du hast gewonnen.«

»Gut. Es freut mich, daß du vernünftig bist, Süße.« Er stand auf und schaute auf sie hinunter. »Ich möchte dir nicht weh tun, mag dich eigentlich recht gern, aber du weißt nun, wo ich stehe, wenn ich mich zwischen dir, Nancy und Mary entscheiden soll. Und vergiß das Dorf in Vietnam nicht!«

Er sah Faye nie wieder.

## SIEBENTES KAPITEL

Eine glückliche Woche verging für Mary und Johnnie. Eine Woche, die durch die tagtäglichen Geschehnisse in einer normalen, ordentlichen Ehe so freudvoll wurde.

Und dann wurde es ein schwarzer Freitag für Johnnie. Nancy war mit ihm in Verbindung getreten und wollte ihn an einem versteckten Ort treffen, um ihm etwas über Pete und sein damaliges Kriegsverbrechen zu erzählen.

Johnnie wählte eine Nische an der Rückseite einer Bar aus und bestellte einen doppelten Bourbon ohne Eis. Er saß da und trank, ließ die Verwirrung und die Sorgen wegen der kommenden Unterhaltung mit Nancy durch den Alkohol wegwaschen.

»Hey, Schatz. Ist das eine private Party oder kann man daran teilnehmen?«

Johnnie sah auf, als sich Nancy neben ihn setzte. Er starrte sie im Halbdunkel der Bar an. Ihr rechtes Auge war blau, und sie hatte ein großes Pflaster über ihrem Backenknochen.

»Was gibt's, Nancy?« fragte er und lehnte sich an die Wand zurück. »Mach es kurz – und danach möchte ich mit dir nichts mehr zu tun haben.«

»Angsthase.«

»Heraus damit!«

»Gut – wenn du es unbedingt wissen willst«, sagte sie schalkhaft, »ich habe nur einen Grund gebraucht, damit ich dich sehen konnte. Ich konnte mich daran erinnern, daß du einmal im Schlaf etwas von Pete und Vietnam gemurmelt hast, und so habe ich das als Grund genommen.«

»Und was habe ich – äh – was habe ich da gemurmelt?«

»Nichts von Bedeutung. Etwas über die Verwundung

von Pete.« Sie legte ihren Kopf auf die Seite wie ein Spaniel. »Hast du tatsächlich Angst vor Pete?«

»Ja, verdammt noch mal.«

»Er ist stark, hm?«

»Betrogene Ehemänner machen mir immer Angst – und wenn sie die größten Flaschen sind. Sie verstehen es, Rache dafür zu nehmen, daß es jemand mit ihren Frauen treibt – obwohl es diese Frauen selbst haben möchten.«

»Und ich bin eine solche Frau, nicht wahr, Johnnie? Ich werde es wieder tun, wenn du es willst; du warst gut und ich möchte noch mehr von dir.«

»Wirst du denn niemals gescheit?«

»Wenn du damit meinst, ob ich keine Angst vor diesem Gorilla habe, dann ist die Antwort *nein*. Ich tue mit meinem Körper, was ich will!«

»Laß mich in Ruhe, Nancy. Johnnie wollte gehen, aber der eigenartige Ton in der Stimme dieser Frau hielt ihn zurück.

»Ich möchte, daß du es heute nacht mit mir machst, Johnnie. Heute nacht.«

»Du bist verrückt vor Geilheit. Ich möchte dich nicht mal mit einer Zange anfassen.«

»Oh, ich glaube doch, daß du es willst.« Ihre Hand war an seiner Hose, drückte durch den Stoff auf sein Jüngchen. Er ergriff ihr Handgelenk und zog es weg.

»Verdammt noch mal, laß das!«

»Kämpf nicht dagegen an, Johnnie. Du weißt doch selbst, daß du mich haben willst.« Sie entwand ihren Arm seinem Griff und ihre Hand fand ihn mit dem Instinkt einer heimfliegenden Brieftaube. Johnnie schnappte nach Luft und stieß die Hand erneut weg. »Hey«, sagte sie lachend, »ich glaube, er wird schon hart.«

»Sicher wird er hart. Laß ihn in Ruhe!«

»Von wegen – ich will ihn, und er weiß das.«

Sie riß sich wieder los und faßte zu. Dieses Mal erwischte er sie schon unterwegs; er verdrehte ihr Handgelenk, bis sie vor Schmerz aufstöhnte. »Hör auf, Johnnie. Hör auf oder ich schreie, daß alles zusammenläuft.« Er drückte nicht mehr ganz so stark.

»Und nun laß mich los oder ich mache hier ein Theater, über das die Leute noch wochenlang reden werden!«

»Du Luder!« Er ließ los. Und schon war ihre Hand wieder an seinem Glied. Jetzt unternahm er nichts mehr dagegen. Sie hatte ihn da, wo sie ihn haben wollte, und er mußte es durchstehen. Als ihre Hand streichelte, packte er die Tischkante und knirschte mit den Zähnen.

»Komm mit mir, Johnnie. Jetzt gleich. Oder ich mach es hier mit dem Mund.«

»Was wirst du?«

»Ohne Hemmungen hier in der Nische. Stell dir vor, es würde jemand kommen! Oder der Kellner will wissen, ob du noch etwas trinken willst.«

»Um Himmels willen, ist dir dein guter Ruf eigentlich völlig gleichgültig?«

»Nein. Aber wenn es sich lohnt, riskiere ich ihn. Also kommst du?«

»Du bluffst. Keine Frau würde so etwas – «

Sie zog den Reißverschluß hinunter und faßte in seine Hose. Gleichzeitig brachte sie sich in die richtige Position. Er spürte, wie sie seinen Speer hin und her rückte, um ihn von den Kleidern zu befreien.

»Du hast gewonnen!« sagte er schnell.

Mit einem triumphierenden Grinsen saß sie neben ihm, während er seine Kleidung wieder in Ordnung brachte. Er bezahlte und sie gingen. Johnnie hatte weiche Knie.

Draußen lief er auf seinen Wagen zu, stieg ein und startete den Motor. Als Nancy auf die andere Seite ging, ließ er die Kupplung los. Das Auto machte einen Satz wie ein erschreckter Hase. Aber Nanca war darauf gefaßt gewesen; sie hielt sich am Türgriff fest.

»Nimm deine Hand weg, Nanca!«

»Wir haben eine kleine Abmachung da drin getroffen.«

»Steck sie dir an den Hut!«

»Du kommst mir nicht davon.«

»Nancy, laß los oder du fliegst durch die Gegend, ich verspreche es dir!«

»Bevor du das tust, hörst du mir vielleicht lieber kurz zu. Du möchtest sicher auch nicht, daß mein Mann die Drohung wahr macht, die er damals ausgestoßen hat.«

Johnnie sagte nichts.

»Ich meine, daß es für dich recht wichtig sein könnte. Also hör zu. Ich habe heute etwas unter meinem Bett gefunden. Sie müssen in der ersten Nacht als wir es miteinander gemacht haben, unter das Bett gestoßen worden sein.«

»Um was geht es?«

»Um ein Paar gestrickter Socken, mit dem Monogramm J. C. Sie können wohl kaum meinem Mann gehören, oder?«

»Okay, du hast also nun ein Paar Socken von mir – na und?«

»Stell dir mal vor, ich hätte das Monogramm nicht gesehen; stell dir vor, ich hätte diese Socken gewaschen, sie zusammengerollt und sie in die Schublade zu Petes Socken gelegt.«

Johnnie spürte, wie das Blut aus seinem Gesicht wich.

»Er hat gesehen, wie du dir deine Kleider geschnappt hast, Johnnie. Wenn er nun neuerdings deine Socken finden würde, dann müßte er daraus schließen, daß du mich doch noch einmal besucht hast – trotz seiner Drohung.«

»Das kannst du doch nicht machen.« Johnnie Stimme war voll Resignation.

Nancy zuckte mit den Achseln.

»Er hat mich schon oft geschlagen, Johnnie, und wird es bestimmt noch oft tun. Aber weißt du auch, was er mit dir machen wird?«

»Steig ein«, sagte er mit einem Seufzer.

Sie schlüpfte auf den Sitz, kuschelte sich dicht an ihn. Er roch sie und es war ein erregender Geruch – trotz seinem ohnmächtigen Zorn. Er fühlte das Blut in seinen Schläfen klopfen.

Sein Platz im Wald war wie immer menschenleer. Er wunderte sich darüber, daß noch kein anderer junger Mann ihn entdeckt hatte. Nancy wandte sich ihm sofort wortlos zu. Johnnie umklammerte das Steuerrad so, daß ihn die Handflächen schmerzten. Sein Johnnie war aus seiner Hose und er spürte ihren heißen Atem darauf, kurz ehe ihre Lippen es umfaßten. Er stieß einen Schrei aus und wünschte, daß er die Fenster hochgekurbelt hätte; in der Stille hörte man jeden Laut sehr weit. Aber er war nicht mehr dazu in der Lage, ein Fenster zu schließen. Nancy bewegte ihre Zunge intensiv, gekonnt und zärtlich über seinen Süßen, bis hinunter zu dessen Wurzel. Johnnie wand und drehte sich in seinem Sitz, die Lust erreichte sofort eine ungeahnte Höhe. Johnnie schrie seinen Orgasmus hinaus in die Bäume und ließ sich dann in den Sitz zurückfallen.

»Nun«, sagte sie in verführerischem Ton, »das war doch wirklich nicht so furchtbar – oder?«

»Lieber Himmel, Nancy, was ist bloß mit dir los? Bist du eine Art Nymphomanin oder was?«

Ihre Hand bewegte sich so schnell, daß er sie nicht kommen sah, bevor sie sein Gesicht traf. Es war eine Kralle, die Striemen über sein Gesicht zog.

»Nenn mich niemals wieder so!« fauchte sie. »Niemals! Nur weil ich es lieber habe als viele anderen Frauen und mehr davon brauche, bedeutet das nicht, daß ich nicht normal bin.«

»Okay, okay. Tut mir leid. Du brauchst aber doch nicht gleich so verdammt hysterisch darauf zu reagieren.«

»Ihr Männer seid alle gleich. Ihr marschiert durchs Leben und nehmt jede Frau, in die ihr irgendwie hineinpaßt, aber wenn eine Frau dasselbe tut, dann nennt ihr sie eine Nymphomanin und behauptet, daß etwas mit ihr nicht in Ordnung ist.«

»Ich habe doch gesagt, daß es mir leid tut. Ich werde mich in Zukunft vorsehen.«

Sie brachte ein Lächeln zustande. »Das ist nicht genug. Du mußt dich dafür revanchieren. Komm auf die Rücksitze.«

»Du bist unersättlich«, sagte er und als sie ihn anblickte, schnell »nur unersättlich, sonst nichts. Und das ist ein Kompliment.«

»Okay.«

Sie stiegen auf die Rücksitze um, und Nancy zog sich gleich aus. Es war ziemlich umständlich in dem engen Auto, aber sie schafften es beide. Sie war bereits heißer als eine Rakete, und er konnte ihr Verlangen geradezu riechen. »Komm, Liebster«, sagte sie mit flachem Atem. Ihre Hände waren an seinem Hinterkopf, und sie drückte ihn zu sich herunter. Die Verhältnisse waren nicht gerade die besten, aber das schien nur noch zu ihrer Erregung beizutragen. Es erinnerte Johnnie an alte Zeiten, als er der erfolgreichste Typ in der ganzen Kompanie war.

Nancy zwängte einen Fuß in den Zwischenraum von Vordersitz und Boden, preßte ein Bein gegen die Lehne des Rücksitzes und öffnete ihre Schenkel, soweit es die Enge im Wagen erlaubte.

Johnnie legte seine Hände fest auf ihre Brüste; sie stöhnte laut auf. Daumen und Zeigefinger begannen ihr Spiel. Er fand mit seinem Süßen schnell die Lust ihres Leibes und stieß so kräftig hinein wie er nur konnte. Sie stammelte undeutliche Worte und drückte ihn krampfhaft an sich. Er begann mit seinem Rhythmus, der nicht nur aus der Leidenschaft, sondern auch aus dem Zorn kam, der sich durch ihre Schuld in ihm gebildet hatte. Er hörte ihr Stöhnen, Wimmern und Keuchen, spürte, wie sie sich unter ihm wand, wie wütend sie gegen ihn stieß. Und dann wurde es zuviel für ihn, er kam, ehe er überhaupt daran denken konnte, den Erguß zurückzuhalten. Er brüllte seine Ekstase in ihr Ohr, und sie antwortete ebenfalls mit einem Schrei und verstärkte ihre Umklammerung.

»Hast du das gern so?« fragte er, als er wieder atmen konnte.

»Hast du das nicht gemerkt?«

»Ich meine nicht ganz so zivilisiert und so.«

»Ich habe es auf jede Art gern, in der ich es bekommen kann, mein Schatz.«

»Ja, aber offensichtlich am meisten etwas rauh. Du willst mit aller Kraft genommen werden.«

Darauf gab sie ihm keine Antwort.

»Deshalb hast du auch keine Angst vor Pete. Du willst grob behandelt werden. Du hast vielleicht vorher ein bißchen Schiß, aber wenn es dann soweit ist, macht es dir Spaß.«

»Na und?« Sie sah ihn dabei nicht an. »Wir haben alle

unsere Eigenheiten, und ich habe es nun einmal gern, wenn mich ein Mann nicht mit Samthandschuhen anfaßt. Was ist daran spaßig?«

»Wir haben nun genug Zeit verquatscht«, knurrte er. »Zieh dich jetzt an, ich fahre dich nach Hause.«

Während der ersten Meilen saß sie ein gutes Stück von ihm weg, dann rutschte sie näher heran, beinahe scheu, wie ein ganz junges Mädchen bei ihrem ersten Zusammensein mit einem Mann, den es besonders gern hat. Ihre Hand lag leicht auf seinem Schenkel.

»Wann sehen wir uns wieder, Liebling?« fragte sie leise.

Johnnie hätte beinahe die Herrschaft über den Wagen verloren. »Wann wir uns wiedersehen?« fragte er fassungslos.

»Es war so schön. Ich liebe dich, Johnnie. Du bist der erste richtige Mann, den ich getroffen habe. Du weißt, wie man eine Frau behandeln muß.«

Johnnie sagte nichts mehr, bis sie einen Block von ihrem Haus entfernt anhielten. Sie wollte haben, daß er noch zu ihr kam, er aber hatte von dieser Nacht genug und weigerte sich sogar, bis zu ihrem Haus zu fahren. Er ließ sie aussteigen und wünschte ihr eine gute Nacht.

Er sah ihr nach, wie sie auf dem Gehweg davonging.

Er fuhr heim.

## ACHTES KAPITEL

Eine Zeitlang gingen die Tage für Johnnie schnell vorüber. Seine Frau hatte sich auch besser angepaßt; er hatte das Gefühl, daß sie früher noch nicht ganz erwachsen gewesen war. Der Verlust des Babys und ihre Sorge, daß sie Johnnie verloren hätte, schienen sie ernüchtert und reifer gemacht zu haben, udn sie war nun eine bessere Ehefrau als zuvor. Sie war wie frisch verheiratet. Mary konnte nicht genug für ihn tun, und das brachte mit sich, daß auch in Johnnie die alten Gefühle für sie wieder erwachten.

Auch bei der Bank lief es immer besser. Er merkte, daß sein Ansehen bei den Vorgesetzten durch seine gute Arbeit ständig stieg. Natürlich war es denen auch recht, daß er vorwärtskam, weil es immer gut aussah, wenn man einen Kriegsveteranen förderte. So hatten sie zeitweise großzügig über lasche Arbeitsauffassung hinweggesehen. Das schien sich jetzt auszubezahlen, und sie fühlten sich dadurch auch bestätigt. So war es für Johnnie nicht schwierig, an jenem Donnerstag früher weggehen zu dürfen. Daß Zahltag war, war noch ein zusätzlicher Vorteil. Johnnie kassierte seinen Gehaltsscheck, zahlte alles bis auf einige Dollar auf seinem Konto ein und ging hinüber zu dem Feinkostgeschäft, um eine Flasche Wein zu kaufen. Da er nun schon mal dabei war, nahm er auch eine Schachtel Pralinen für Mary mit. Früher hatte er an so etwas nie gedacht, aber nachdem es inzwischen anders mit ihnen geworden war, wurde er ihr gegenüber aufmerksamer, als er es je bei einer anderen Frau gewesen war. Und sie hatte es gern.

Als er nach Hause kam, hatte sie sich flott angezogen. Sie trug einen Hosenanzug, hatte Make-up aufgelegt, und ihr langes, glänzendes Haar umspielte ihr hübsches Gesicht. Sie machte ihm die Tür auf und gab ihm einen der Küsse, mit dem sie ihm anzeigte, daß sie heute mehr als sonst für Zärtlichkeiten empfänglich war. Es war schön, ihren Körper an seinem zu spüren. Warm und biegsam. Und er merkte, daß sie keinen Büstenhalter trug. Als er sie zum erstenmal darum bat, daß sie ohne einen gehen solle, war sie ein wenig geschockt gewesen, weil sie dachte, daß es sich nicht schickte, so mit hüpfenden Brüsten herumzulaufen, aber nun schien sie es selbst zu mögen. Sie entwickelte sich zu einer richtigen Sexbiene, dachte er mit dankbarer Zufriedenheit.

»Mmmm«, machte sie, lehnte sich an seine Brust. »Du kannst dir nicht vorstellen, wie sehr ich darauf gewartet habe.« Und plötzlich kam wieder das kleine Mädchen in ihr zum Vorschein. »Was ist in der Tüte?«

»Gute Sachen«, sagte er. »Etwas für dich und etwas für uns.«

»Ooohh.« Sie war schon ganz aufgeregt und wollte unbedingt wissen, was drin war. Johnnie mußte darüber lächeln; ein zärtliches Lächeln. »Können wir uns das leisten?« fragte sie.

»Irgendwie muß man den Zahltag doch feiern.« Er gab ihr die Tüte, und sie machte sich darüber her wie ein Kind am Heiligen Abend.

»Wein! Den können wir zum Dinner trinken!«

»Zum Dinner und später. Ich möchte dich ganz warm und süß machen.«

»Dazu genügt es schon, wenn du mich ansiehst. Aber der Wein kann auch nichts schaden.« Und nun fand sie die Pralinen. »O Darling, das ist aber lieb.« Sie hob sich auf die Zehenspitzen und küßte ihn ganz leicht ans Ohrläppchen.

»Ist das alles, was ich dafür bekomme, wenn ich mich in solche Unkosten stürze?«

»Was erwartest du dir an Belohnungen?« Sie sah ihn dabei kokett an.

»Ich bin habgierig. Alles, was ich bekommen kann.«

»Warum gehst du denn nicht endlich ins Schlafzimmer und ziehst dich aus, während ich den Wein kalt stelle? Ich komme dann und belohne uns beide.«

Er lachte vor sich hin, ging und war in Unterhosen, als sie kam. »So weit bist du erst? Ich muß nicht mehr so reizvoll sein! Die Flitterwochen sind vorüber. Aus.« Sie grinste und öffnete das Oberteil ihres Hosenanzuges. Johnnie sah ihr zu, wie sich ein Knopf nach dem anderen öffnete und ihre schönen runden Brüste mit den rosa Spitzen zum Vorschein kamen. Seine Unterhose stand augenblicklich weit vor. Er ging zu ihr, und sie breitete die Arme nach ihm aus. Er genoß das Gefühl ihrer nackten Brüste an seiner bloßen Haut. Er konnte spüren, wie ihr Körper zusehends heißer wurde, während er sie an sich drückte und seine Zunge in ihren Mund schob. Mary zitterte vor Verlangen. Es erstaunte ihn immer wieder: Die kleine Jungfrau, die so viele Schwierigkeiten machte, als er sie auf der Couch auf der Terrasse näher erforschen wollte, war nun zu einer Frau geworden, von der man annehmen mußte, daß sie dazu erzogen worden sei, einem Mann möglichst viel Lust zu bereiten. Ihre Hände fuhren über seine Haut; von den Schultern hinab zu seiner Taille, und er spürte kleine Schauer über seinen Körper laufen. Seine Zunge zog eine Spur über ihre, und er fühlte, daß ihr Herzschlag genauso zu rasen begann wie seiner. Seine Hand ging hinunter an die Seite ihrer Hose und fummelte dort herum. Für ihn schien es eine Ewigkeit, bis er es endlich geschafft hatte, sie aufzumachen. Sie kicherte wegen seiner nervösen Ungeduld. Er schob die Hose über ihre Hüften, und sie fiel bis zu den Knien. Dann hakte er seine Daumen in den Gummizug des Höschens und zog es hinunter, entblößte so ihren Schamhügel. Der dünne Slip fiel hinunter und blieb auf ihrer Hose liegen. Mary drückte sich etwas von ihm weg und bewegte ihre Beine so, daß beide Kleidungsstücke vollends zu Boden fielen; sie trat aus ihnen heraus und ließ auch gleich die Schuhe dabei.

Johnnie hob Mary auf seine Arme; er hatte es gern, sie so zu halten. Sie preßte sich eng an ihn, und er trug sie zum Bett, legte sie sachte darauf. Er kniete sich neben sie und streichelte sie zärtlich, freute sich an der weichen Glätte ihres nackten Körpers. Ein kleines Stöhnen kam aus ihrem Mund. Er küßte sie, und eine Hand war unterwegs zu ihrem Schoß, legte sich darüber und suchte nach der empfindlichsten Stelle. Sie wand sich, hob ihre Hüften seiner eifrigen Hand entgegen. Sein Johnnie wurde härter und größer; ihr Schoß war feucht und bereit für ihn.

»O Liebling«, stöhnte sie. »Liebster, bitte . . .« Er verstand nichts mehr, wußte aber, was sie wollte. Er wollte es auch, legte sich auf sie und dirigierte sich zwischen ihre geöffneten Beine. Sie starrte zu ihm hinauf; in ihrem Blick war fieberhaftes Verlangen. Johnnie spürte ihre festen Brüste unter seiner Brust. Er hob seinen Unterleib an und schob sich in sie; ihre Hand unterstützte ihn. Sie hatte es inzwischen gelernt, wie sie das tun mußte. Erst lag er still auf ihr, dann begann er sich zu bewegen, als ob sie mit ihrem neuerlichen Stöhnen das Signal dazu gegeben hätte.

Als Johnnie wieder einigermaßen die Kontrolle über sich gewonnen hatte, stieß er wieder in sie, tief hinein bis zur Wurzel. Sie keuchte vor Lust, er stöhnte und mußte wieder aufhören. Langsam machte er dann weiter. Diese herrlichen Gefühle sollten für sie beide sehr, sehr lange anhalten. Mary bebte am ganzen Körper, und er wußte, daß sie einen kleinen Höhepunkt erlebte. Er steigerte sein Tempo gerade in dem Augenblick, als es sie am meisten gepackt hatte. Sie hielt sich krampfhaft an ihm fest, und dann war dieser Moment vorüber.

Johnnie sah ihre Augen, wenn auch nicht deutlich, er war zu nahe, aber er sah doch, daß sie vor Lust glänzten. Er fuhr

mit seinen Stößen, seinen kreisenden Bewegungen fort, be-
nützte seinen Süßen wie ein Instrument und war stolz darauf,
daß er einer Frau so viel Lust bereiten konnte. Er war nie
glücklicher darüber gewesen, so viel Erfahrung zu haben, als
nun bei dieser wunderbaren Frau, die er geheiratet hatte. Er
beherrschte sich so lange wie er konnte, und dann ließ er sich
gehen. Er steigerte seinen Rhythmus, steigerte so auch ihre
Erregung über alle Maßen und steigerte sich selbst zu einem
Höhepunkt hinauf, der ihm fast unerträgliche Wollustge-
fühle bescherte. In seiner Ekstase merkte er noch, wie ihr
Körper unter ihm steif wurde, wie sich ihre Arme um ihn
preßten und sich ihre Beine mit ungeahnter Kraft um seine
Taille schlangen. Er kam, und auch sie schrie ihre Erlösung
laut hinaus. Alles um sie her schien sich rot zu färben wie
eingehüllt in eine gewaltige Flamme.

Als es vorüber war und sie nebeneinander lagen, war sie
die erste, die sich bewegte. Sie sah ihn liebevoll an und
rutschte dann auf dem Bett weiter hinunter.

»Du weißt, daß du das nicht tun mußt«, sagte er zu ihr.

»Sei nicht albern. Du weißt doch, daß ich das gern für dich
tue.«

Gerade jetzt läutete das Telefon. »Bleib so wie du bist. Ich
bin gleich wieder da.« Er ging ins Wohnzimmer und nahm
den Hörer ab.

Die Stimme die ihm entgegenklang, ließ ihn zusammen-
zucken und Ärger in ihm aufsteigen.

»Johnnie, ich muß mit dir reden.«

»Verdammt noch mal, Faye«, sagte er mit gedämpfter
Stimme, »ich habe dir doch gesagt, daß ich dich umbringen
werde, wenn du mir je wieder vor die Augen kommst. Wenn
du glaubst, daß ich das nicht ernst –«

»Das ist mir egal!« schrie sie in das Telefon. Er erschrak

über die Lautstärke. »Es ist mir gleichgültig, ob du mich tötest oder nicht, Johnnie, aber ich warne dich. Wenn du dich nicht mit mir triffst, dann kann ich für nichts garantieren! Es wird dir sehr, sehr leid tun! Ich bin nämlich zu allem fähig!«

»Laß den Mist weg, Faye, ich falle nicht auf deinen Bluff herein. Du wirst gar nichts tun, ganz gleich was du jetzt sagst, weil du weiterleben möchtest. Tot kannst du dich nämlich nicht mehr um die Schwänze aller erreichbaren Männer kümmern.«

»Gerade wegen deinem möchte ich mit dir reden. Ich – «

»Ich hänge nun auf, Faye. Und wenn du noch einmal hier anrufst, drehe ich dir den Hals um. Und wenn du meine Frau anrufst, dann sind auch noch andere Körperteile dran.« Er warf den Hörer auf die Gabel, als sie anfing wieder zu schreien. Er wartete einen Augenblick, dann nahm er den Hörer nochmals ab und legte ihn neben den Apparat. Als er in das Schlafzimmer zurückkam, fragte ihn Mary: »Wer war das?«

»Jemand, der irgendwas verkaufen wollte.«

»Was?«

»Ich weiß es nicht«, antwortete er.


## NEUNTES KAPITEL

Am nächsten Tag hörte er Fayes Namen wieder, hörte ihn völlig unerwartet vom Sheriff.

Will Lester war ein alternder Mann mit einem Bauch, der aussah, als ob man mit einem Faustschlag bis zum Handgelenk darin versinken würde. Es gab ein paar Männer, die das probiert hatten, aber keiner von ihnen hatte einen zweiten

Versuch unternommen. Will Lester kam in die Bank und wischte sich den Schweiß von seiner Halbglatze. Johnnie bemerkte ihn und winkte ihm zu. Er kannte ihn schon als kleiner Junge, als Lester zum ersten Mal zum Sheriff gewählte wurde. Will ging zum Abteilungsleiter und sprach mit ihm. Sein Vorgesetzter sah zu Johnnie hin und diesem lief es kalt den Rücken hinunter. Beide kamen auf ihn zu.

»Würden Sie Ihren Schalter schließen, Mr. Castor? Der Sheriff hier möchte Sie nämlich sprechen. Sie können mit ihm in eines der leeren Büros gehen. Nummer drei.«

Johnnie hängte das Schild ins Fenster, verschloß die Kasse und schob den Schlüssel in seine Jackentasche.

Will setzte sich hinter den Schreibtisch in dem unbenützten Büro, und Johnnie sank auf einen Stuhl ihm gegenüber.

»Hey, Johnnie«, sagte der Sheriff. »Wie geht's?«

»So viel ich weiß gut, Will. Um was machen wir uns denn Sorgen?«

»Du brauchst dir keine Gedanken darüber zu machen, daß du etwas Ungesetzmäßiges getan hast – wenigstens soweit mir das bekannt ist. Ich bin nur gekommen, um dir etwas fzu sagen, was du wahrscheinlich wissen möchtest.«

»Und was ist das?« Johnnie war beruhigt und doch nervös.

»Faye wurde heute morgen getötet.«

Johnnie fühlte, wie Kälte in ihm hinaufkroch. Will sah ihm direkt in die Augen, als ob er ihm durch sie in sein Hirn blicken könnte.

»Aber sie ist nicht die einzige Tote. Nancy Crosby lag neben ihr.«

»»Nun, Sheriff, was hat das mit mir –«

»Laß mich weiterreden, Johnnie«, unterbrach ihn der

Sheriff. »Das hat deshalb mit dir etwas zu tun, weil es in deiner Wohnung geschehen ist.«

In Johnnie zog sich alles zusammen, er schnellte beinahe von seinem Stuhl hoch. »Mary! Was ist mit – «

»Darauf komme ich jetzt. Es sieht so aus, als ob Faye heute nachmittag mit Mord in den Augen und einer Pistole in der Handtasche vor deiner Wohnungstür stand. Deine Frau hat sie eingelassen, weil sie sagte, daß sie etwas ungeheuer Wichtiges mit ihr zu besprechen hätte. Sie redete eine Weile drum herum, wie du und sie eine Zeitlang ein Verhältnis hattet und so. Und dann läutete die Türglocke wieder, und Nancy Crosby stand davor. Deine Frau hat auch sie hereingebeten. Ich vermute, daß sie froh darüber war, nicht mehr mit Faye allein zu sein, die aussah, als ob sie nahe dem Wahnsinn sei.«

»Mein Gott, willst du mir jetzt endlich sagen – «

»Bleib schön ruhig, mein Sohn. Ich berichte es dir auf meine Weise. Also gut, nachdem nun auch Nancy drin und die Tür wieder geschlossen war, hat Faye ihre Kanone zum Vorschein gebracht. Eine 32er Automatic. Keine Riesenwaffe, aber groß genug, um viel Schaden damit anzurichten. Sie hat wirklich verrückte Dinge gesagt, vermutlich. Sie sagte, daß sie keinen Grund mehr hätte, sich Sorgen zu machen; daß es ihr völlig egal sei, was mit ihr passiere, wenn sie dich nicht haben könne, aber sie wolle verdammt sein, wenn sie ins Gras beißen und dabei wissen müßte, daß die beiden anderen weiterhin ihren Spaß mit dir hätten. Wie ich schon sagte: richtig verrückt. Nancy Crosby wollte hinausrennen, aber Faye traf sie schon mit dem ersten Schuß ins Rückgrat. Reiner Zufall. Normal hätte sie einen Elefanten nicht einmal auf zwei Meter getroffen. Und dann hatte deine Frau versucht, ihr die Waffe zu entreißen, aber Faye war für sie zu schnell. Sie drehte sich um und schoß deiner Frau eine Kugel in den Magen. Dann ging sie ganz ruhig zu Nancy und schoß sie durch den Kopf. Anschließend hat sie sich die Pistole in den Mund gehalten und abgedrückt.«

»Oh, mein Gott!« Etwas kam plötzlich durch den Nebel in Johnnies Hirn. »Sheriff, woher weißt du so viel darüber, wie sich alles abspielte? Ich meine, jede Einzelheit? Ist das alles zusammenkombiniert?«

»Nein. Deine Frau hat es uns berichtet.« Er sagte es wie nebenher, aber Johnnie wußte, daß er das bis zum Schluß aufgespart hatte, weil er annahm, daß Johnnie nach all dem einen beruhigenden Schlußpunkt brauchte.

»Mary ist –«

»Sie ist im Krankenhaus und wird wieder gesund werden. Sie wurde nicht lebensgefährlich verletzt, muß aber einige Tage künstlich ernährt werden.«

»Ich muß sie sehen.«

»Das wäre nicht gut. Sie ist nicht bei sich; der Arzt hat ihr eine Spritze gegeben. Sie wird nicht vor morgen mittag aufwachen.«

»Ja – ich verstehe . . .«

»Wir haben Fayes Handtasche durchsucht. Wir fanden einen Terminzettel für einen Arztbesuch und haben das selbstverständlich überprüft. Der Doktor, der sie behandelt hat, stellte Leukämie bei ihr fest. Sie hatte nicht mehr viel länger als drei Monate zu leben.«

Johnnie gab es einen Stich. Das wollte sie ihm also am Telefon sagen.

»Es ist schon eigenartig, in was sich eine Frau verrennen kann. Ich nehme an, daß sie, nachdem sie nur noch wenig Zeit hatte, diese mit dir verbringen wollte. Einfach verrückt, wie ich schon sagte.«

»Ja. Sie war verrückt.«

Der Sheriff stand auf und ging zur Tür. Mit der Hand auf der Klinke bleib er stehen: »Ich vermute, daß du mit Mary Schwierigkeiten bekommen wirst, mein Junge.«

»Was? Warum?«

»Na ja, im Hospital war sie noch bei Bewußtsein. Als man sie nach ihrer Adresse fragte, gab sie die Anschrift ihrer Eltern an.«

»So?«

»Vielleicht überlegt sie sich das wieder anders, zunächst bedeutet das gar nichts. Der Schock, weißt du. Du bist gut dran, sie zu haben.«

»Ja, das weiß ich.«

»Ich meine eigentlich mehr damit, daß du Glück hast, sie noch zu haben.«

»Da komme ich nicht mit.«

»Fayes Pistole war leer. Sie hat die letzte Kugel für sich selbst gebraucht. Nur weil sie nur vier Patronen hatte, ist es Mary nicht wie Nancy ergangen.«


Im Krankenhaus roch es nach Desinfektion und die Wände waren, als ob man sie geschält und abgeschrubbt hätte, wie Kartoffeln. Schwestern liefen eifrig durch die Gänge. In dieser geschäftigen Umgebung fühlte sich Johnnie fehl am Platze. Er hatte einen Blumenstrauß in der Hand und wartete darauf, daß ihn die Frau hinter dem Schalter endlich bemerkte.

»Ja, Sir?« fragte sie schließlich in einem Ton, aus dem herauszuhören war, daß er ihren Tagesablauf durch sein bloßes Hiersein gewaltig störte.

»Ich bin John Castor«, sagte er. »Meine Frau liegt hier.« Er räusperte sich.

»O, ja, Sir.« Plötzlich schien sie nicht mehr interessiert. Johnnie konnte sich zwar nicht vorstellen warum, bis ihm einfiel, daß er das Gerede der Stadt war: der Kerl, der drei Frauen auf einmal hatte, wovon eine einen Mord und dann Selbstmord verübt hatte. Die Frau stand auf und bedachte ihn mit einem mehr als freundlichen Lächeln. »Mrs. Castor liegt in Zimmer 37, Mr. Castor. Sie können direkt hineingehen.«

Johnnie dankte ihr und suchte das Zimmer 37. Es war ein Einzelzimmer, und er war froh darüber. Nach all dem Wirbel, den sie in der Zeitung über die Sache gemacht hatten, war es nicht mehr als recht und billig, ihr ein Einzelzimmer zu geben, um Neugierige fernzuhalten. Sie saß im Bett, als er eintrat, und sah auf das TV-Gerät. Er bemerkte, daß sie neben sich an der Wand eine Fernsteuerung hatte und einen Kopfhörer. Sie blickte auf und hatte schon ein Begrüßungslächeln auf dem Gesicht, als sie sah, daß er es war. Das Lächeln erstarb, und sie nahm den Kopfhörer ab.

»Hallo«, sagte er und hielt ihr die Blumen hin. »Ich habe dir Blumen mitgebracht.«

»Danke. Lege sie dort auf den Tisch.«

»Wie geht es dir?« fragte er.

»Den Verhältnissen entsprechend ganz gut.«

Johnnie war so nervös wie ein Teenager bei seinem ersten Rendezvous. Er wollte sie küssen, aber sie wich ihm aus.

»Was ist denn los?« Er hatte sich entschieden, direkt auf die eventuellen Schwierigkeiten loszugehen.

»Nichts, Johnnie. Alles ist nur jetzt ganz klar. Zum erstenmal seit ich dich kennengelernt habe.«

»Liebling, was – «

»Ich bin froh, daß du gekommen bist. Ich habe mich davor gefürchtet, aber so bringen wir es am schnellsten hinter uns. Wenn ich hier raus komme, lasse ich mich sofort scheiden. Ich stelle keinerlei Ansprüche an dich. Ich will nur meine Freiheit.«

»Willst du mir dazu keine nähere Erklärung abgeben?«

»Wie kannst du nur dastehen und so scheinheilig tun? Du tust, als ob du das Opfer in dieser üblen Geschichte bist. Beinahe fühle ich mich wieder so schuldig wie das letzte Mal – aber nur beinahe. Du hast den Bogen überspannt, Johnnie.«

»Aber du hast meine Frage noch immer nicht beantwortet.«

Sie beherrschte sich mühsam. »Also gut, ich werde sie dir beantworten. Ich liebe dich, Johnnie. Es ist sinnlos, dies leugnen zu wollen. Aber das genügt mir nicht. Ich möchte einen Mann, der mir ebensoviel Liebe zurückgibt, und ich vermute, daß ich mir bisher dummerweise eingeredet habe, daß du solch ein Ehemann bist.«

»Nein. Das war mein Irrtum. Ich glaubte, daß du es bei allem was ich tue, merken mußtest, wie sehr ich dich liebe.«

»Ich habe nichts davon gemerkt, und ich glaube dir auch nichts mehr, kann es einfach nicht mehr. Und Liebe würde mir auch nicht genügen – ich möchte mehr. Ich glaube, daß Treue das einzig richtige Wort dafür ist. Oh, ich habe nicht erwartet, daß du der ewig treue Ehemann bist, wenn ich mir das auch so sehr gewünscht habe. Aber ich wäre mit etwas weniger zufrieden gewesen. Nicht zufrieden kann ich aber damit sein, eine von deinen vielen Bettgenossinnen zu sein!«

»Du weißt doch gar nicht wie – «

»Als Faye mit der Pistole vor mir herumgewedelt hat, sind mir die Augen aufgegangen. Es hat mich eine Menge gelehrt. Es hat mich gelehrt, daß ich mit einem Hundesohn verheiratet bin, der es so lange mit miesen Weibern getrieben hat, daß er keinen Unterschied mehr kennt – und sich auch nichts draus macht. Wenn ich bei dir bleibe, dann sinke ich auf dein Niveau – und deshalb bleibe ich lieber allein.« Ihre Stimme war immer lauter gewordenn und plötzlich begann sie zu weinen. Ihr schmaler Leib wurde von Schluchzen geschüttelt. Impulsiv nahm Johnnie sie in die Arme und streichelte beruhigend über ihren Rücken. Sie blieb so für einen Moment, und Johnnie wußte, daß es ihr gut tat, dann aber machte sie sich steif, und sie schob ihn von sich.

»Rühr mich nicht an!« rief sie. »Rühr mich bloß nicht an, du Lump, es funktioniert nicht mehr!«

Johnnie hörte Schritte auf dem Korridor, und er wußte, daß jemand wegen dem Lärm nachsehen kam. Widerstrebend ließ er Mary los und trat zurück. »Wie du willst, Schatz, ich verstehe dich«, sagte er sanft. »Wir sprechen später noch einmal darüber.«

»Du brauchst nicht mehr zu kommen! Ich lasse es dir verbieten!« rief sie hinter ihm her, ohne Rücksicht auf die unter der Tür Stehenden. »Ich will ihn nie mehr sehen! Nie! Niemals mehr!«

Johnnie ging an jemand vorbei, ohne es zu wissen, schob er Leute zur Seite. Er spürte, daß sich seine Augen mit Tränen füllten und dachte, daß dies albern sei, weil man Mary in ihrem jetzigen Zustand nicht ernst nehmen dürfe. Sie hatte gesagt, daß sie ihn liebe – er liebte sie, warum sollte sie ihn also verlassen? Und er hatte nicht mehr geweint, seit er acht Jahre alt war. Es war lächerlich. Trotzdem mußte er einige Zeit in seinem Wagen sitzen bleiben, bis er sich soweit unter Kontrolle hatte, daß er fahren konnte. Als er dann vor seiner Wohnung stand, überkam ihn eine unbeschreibliche Einsamkeit. Er konnte nicht hineingehen, konnte diese vier Wände nicht aushalten. Er ging wieder hinunter und fuhr weg. Er wußte nicht einmal wohin, wollte in keine Bar gehen, wollte nichts trinken. Nur fahren, fahren.

Nach einer Weile wurde es ihm klar, wie dumm diese ziellose Fahrerei war, und er drehte um. Er war sechs Meilen von der Stadt entfernt, als er den ersten Donner hörte. Es begann zu regnen. Erst nur einzelne Tropfen, und dann goß es. Er schaltete den Scheibenwischer ein. Er fuhr langsam, weil die Straße schlüpfrig wurde. Plötzlich sah er vor sich die Anhalterin. Sie rannte die Straße entlang, sah klatschnaß und bespritzt aus. Als sie die Scheinwerfer bemerkte, hielt sie an und streckte den Daumen aus. Sie hatte alte Hosen an, die aus Armeebeständen zu sein schienen. Sie hielt eine Feldbluse über ihren Kopf, um wenigstens die Haare trocken zu halten. Johnnie nahm sonst nie Anhalter mit, aber mit ihr hatte er Mitleid. Sie trug eine kleine Tasche mit den notwendigsten Habseligkeiten und war übel dran – und außerdem hatte er Sehnsucht nach Gesellschaft. Er bremste und lehnte sich hinüber, um die Tür für sie zu öffnen.

»Wohin wollen Sie denn?«

»Das spielt keine Rolle, Mann«, antwortete sie und schlüpfte in den Wagen. »Wenn ich nur im Trockenen bin.«

Johnnie gab Gas, sobald sie saß. Es schauderte sie. »Verdammt noch mal, mit diesem Regen habe ich nicht gerechnet!«

»Ja, es entspricht nicht der Jahreszeit«, gab Johnnie ihr recht. »Wohin wollen Sie nun wirklich?«

»Wohin die Straße führt.«

»Okay. Und woher kommen Sie?«

»Von da, wo Sie sich nicht auskennen. Ich bin eben unterwegs, mein Herr. Ich liebe es, nicht immer am gleichen Platz zu bleiben.«

»Ja, so sieht's aus.«

»Und was machen Sie an so 'nem Freitag abend allein unterwegs?«

»Ich habe zwei Frauen verloren. Erst heute.«

»Pardon?«

»Vergessen wir's.« Er sah weiter vorne ein Rasthaus an der Straße und verlangsamte die Fahrt. »Möchten Sie etwas essen?«

»Ich habe überhaupt kein Geld«, sagte sie warnend.

»Danach habe ich Sie nicht gefragt.«

»Okay, okay, bleiben Sie mal schön auf dem Teppich, Großer. Ich wollte nur haben, daß Sie's wissen, sonst nichts. Also, Sie wollen mich ernähren, und was verlangen Sie als Bezahlung?«

»Ich bin ein wenig einsam heute abend«, sagte er geduldig. »Und außerdem habe ich auch seit zwölf Uhr nichts mehr gegessen.« Er lenkte seinen Wagen auf den Parkplatz vor dem Restaurant. »Ich habe es nicht gern, allein zu essen. Sonst gar nichts. Natürlich, wenn Sie lieber hier sitzen bleiben wollen, bis ich wieder – «

»Mann, sind Sie immer gleich so? Ich wollte nur wissen, in was ich da reingerate. Sonst nichts. Ich habe vorher auch schon mal für ein Essen mit einem Mann geschlafen – und mit Männern, die nicht so gut aussahen.«

Als sie gegessen hatten und wieder im Wagen saßen, fragte er sie plötzlich: »Hätten Sie gern einen Platz, wo Sie heute nacht bleiben können?«

»Darauf hatte ich eigentlich bereits gewartet. Eine Zeitlang habe ich schon gedacht, daß Sie scheu sind oder sonstwas.«

Wegen ihrer Klugscheißerei fühlte er schon wieder Ärger in sich aufsteigen, aber dann mußte er lächeln. Er sah sie sich zum erstenmal ganz genau an. Sie war eigentlich ganz hübsch, fand er; mit einer hellen, glatten Haut und kastanienrotem Haar, das bestimmt gut aussah, wenn es nicht mehr vom Regen zusammengeklebt war. Über ihre Figur konnte er schlecht ein Urteil abgeben. Ihre Kleidung war dazu zu sackartig, aber eine Ahnung von festen jungen Brüsten gab die Feldjacke doch. Nach Hause konnte er sie nicht mit sich nehmen, schon wegen der Nachbarn. Auch wollte er kein Mädchen ins Schlafzimmer Marys bringen. Er wußte ein Motel auf der entgegengesetzten Seite der Stadt, wo ihn niemand kannte. Er war noch nie drin gewesen, aber er hatte es sich für alle Fälle gemerkt und fuhr nun direkt dorthin.

»Wie heißt du?« fragte er sie, als sie vor dem Motel vorfuhren.

»Carol.«

»Okay, Carol, ich bin gleich wieder da.« Er ging ins Büro; ein dickbauchiger, unrasierter Alter saß vor einem uralten Fernseher. Wiederstrebend bewegte er sich, ohne die Augen vom Bildschirm zu lassen.

»Ja?«

»Ich hätte gern ein Doppelzimmer für meine Frau und mich.« Johnnie spürte sein Herz etwas schneller schlagen, als er diese Lüge vorbrachte.

»Sicher. Hier unterschreiben.« Johnnie nahm den zerkauten Kugelschreiber und schrieb. ›Mr. und Mrs. James Millican‹. Es war ein Name, der ihm so in den Sinn kam. »Ich möchte gern morgen um fünf Uhr geweckt werden.«

»Okay.« Der Alte notierte es sich und verlangte sieben Dollar fünfzig. Johnnie gab ihm acht und sagte, daß er den Rest behalten könne. Dann nahm er den Schlüssel mit der Nummer 14 und ging hinaus. Carol hatte sich inzwischen gekämmt. Er hatte recht gehabt, ihre Haare waren schön. Er fuhr zu dem Bungalow und parkte den Wagen davor.

Carol machte alles wie ganz selbstverständlich. Sie ging zur Tür und nahm gleich ihre Tasche mit. Johnnie schätzte sie auf Anfang zwanzig, aber sie machte den Eindruck, als ob sie schon ziemlich viel von der Welt gesehen hätte.

Das Zimmer war klein und nicht gerade elegant. Der Teppich hatte eine kahle Stelle, die nur teilweise vom Bett abgedeckt wurde. Die Fenster hatten Vorhänge, keine Rolläden, aber die Vorhänge schienen dicht genug zu sein. Johnnie hatte schon schlechter gewohnt, aber auch schon bedeutend besser. Carol schien es absolut nichts auszumachen. Sie setzte sich auf das Bett und schlüpfte aus ihrer Jacke, dann knöpfte sie das Hemd auf, das sie darunter trug. Johnnie spürte, wie sein Puls schneller wurde. Plötzlich hörte sie mit dem Aufknöpfen auf. »Möchtest du nicht die Tür schließen, Großer?« Sie lächelte ihn kurz an. »Ich kenne mich in der Welt aus und weiß, wie alles so läuft, aber auf Exhibitionismus stehe ich nicht.«

»Oh, natürlich!« Er machte die Tür zu und schob den Riegel vor. Als er sich nach ihr umdrehte, hatte sie das Hemd bereits ausgezogen – und sie trug auch nicht ein Fädchen darunter. Sie stand auf, knöpfte ihre Hose auf und ließ sie fallen. Sie trug eine Art Baumwollhöschen, das auch nicht ein bißchen sexy war. Aber sie hatte eine Sexy-Kleidung gar nicht nötig. Sie sah wie der Wunschtraum eines Pin-up-Kalender-Fotografen aus. Johnnies Süßer wurde bei ihrem Anblick sofort steif. Sie trat aus der Hose heraus und streifte dabei auch gleich die Schuhe mit ab, schob den Slip hinunter. Dann sah sie Johnnie an.

»Ich werde jetzt duschen«, sagte sie. »Ich bin kein echter Hippie.« Sie sagte es so, als fürchte sie seine Enttäuschung.

»Das ist aber beruhigend.«

»Hast du eigentlich noch nichts von dem staatlichen Slogan gehört ›Spare Wasser – dusche mit deinem Freund‹?«

Johnnie lachte wieder. »Ich komme sofort. Stelle inzwischen die richtige Temperatur ein.« Er zog sich schnell aus, warf seine Kleider auf den einzigen Stuhl, und als er nackt war, ging er zu ihr hinein. Drin war es wie in einem türkischen Bad; Carol hatte das heiße Wasser laufen lassen. Sie grinste ihn an und drehte einen Knopf zurück, dann stieg sie in die Duschwanne. Er sah, daß sie eine Badekappe trug und wunderte sich, wo sie die wohl her hatte. Wahrscheinlich aus ihrer kleinen Tasche. Die weibliche Eitelkeit hat eben keine Grenzen, dachte er mit einem verstohlenen Lächeln. Carol zigeunerte in der Welt herum, hatte verkrumpelte Hosen und eine abgescheuerte Feldbluse an, aber eine Haarbürste und eine Badekappe hatte sie bei sich. Das war eines der herrlichsten Dinge an den Frauen, daß sie ein Mann niemals ganz begriff, so lange er sie auch studierte. Er ging zu Carol unter die Dusche. Inzwischen hatte sie sich völlig eingeseift. Sie gab ihm die Seife. Es war eine von den üblichen kleinen Stücken, wie sie in Motels ausliegen. Er seifte sich gründlich ein und ließ dann das Wasser an sich herunter laufen. Es war ein schönes Gefühl. Er hatte nicht bemerkt, wie müde er gewesen war und wie nötig er diese Entspannung gehabt hatte. Carol machte Unsinn mit ihm, kitzelte ihn, bis er beinahe aus der Wanne gefallen wäre. Er griff nach ihr, und sie wich in seiner Ecke der winzigen Dusche aus, aber sie konnte einer Gefangennahme auf die Dauer nicht entrinnen, die Wanne war zu klein. Er ließ ihr keine Ausweichmöglichkeit und hielt sie fest. Carol fühlte sich sehr warm, sehr weich und sehr jung an. Sie blickte ihn erwartungsvoll an, und er küßte sie, schob seine Zunge in ihren Mund. Er preßte sie noch mehr in die

Ecke, und ihre Körper verschmolzen. Es gab keinen Zweifel, daß sie nicht ohne Erfahrung war.

Sein Johnnie war hart wie eine Stahlrute. Sie spürte es in ihrem Bauch und kicherte. »Das ist unanständig«, rief sie ihm durch das Prasseln des Wassers hindurch zu.

»Ja. Da hast du völlig recht.«

»Glaubst du nicht, daß wir etwas dagegen tun müssen?«

»Komm, wir gehen wieder ins Schlafzimmer, und ich zeige dir, was ich üblicherweise dagegen tue.«

»Du hältst wohl gar nichts von ein bißchen Abwechslung«, sagte sie und sah ihn herausfordernd an. Er begriff zuerst nicht, was sie damit meinte, aber dann kam er dahinter, daß sie ihn dazu aufforderte, sie gleich hier zu nehmen. Es war dies nicht das erstemal für ihn, aber oft hatte er es unter der Dusche noch nicht gemacht. Sie tat die Beine etwas auseinander, um es ihm leichter zu machen, aber dadurch wurde sie kleiner, und er mußte etwas in die Knie gehen. So glitt sein Kleiner leicht in sie hinein. Sie stieß einen zufriedenen Laut aus, als ob sie schon seit Stunden darauf gewartet hätte, daß er das mit ihr machte. Er legte seine Hände unter ihre Pobacken und preßte sie fest an sich. Der Boden war schlüpfrig, und für einen Moment befürchtete er, daß sie das Gleichgewicht verlieren würden, aber dann verflogen seine Bedenken. Alles was er spürte, war pure Lust, die durch seine Adern pulste, seinen Körper ausfüllte. Carol schlang ihre Arme fest um seinen Nacken und hielt sich krampfhaft an ihm fest, und dann, als die Wollust noch größer und sie mehr und mehr von ihr überwältigt wurde, hob sie die Beine und legte sie um seinen Leib, hielt sich an ihm mit Schenkeln und Waden fest, so wie sie das mit ihren Armen an seinem Hals tat. Sie kreuzte die Füße auf seinem Rücken, um einen noch besseren Halt zu haben.

Sie lehnte sich an die Wand, und er lehnte sich auf sie, zwängte sie in der Ecke ein. Seine Füße fanden guten Halt, und er begann, in sie zu stoßen; mit immer größerer Kraft, je sicherer er wurde, daß sie nicht stürzen würden. Carol erwiderte seine Bewegungen, gab ihm das wieder zurück, was er ihr gegeben hatte. Johnnies Haut prickelte von der Lust, die ihn durchlief; das Wasser trommelte auf seinen Rücken wie ein heftiger Tropenregen. Er konnte Carols vor Lust verzerrtes Gesicht sehen; ihre Arme nahmen ihm fast die Luft weg. Sie hatte ihre Augen fest geschlossen. Sie preßte sie zusammen wie winzige Fäuste, als die Lust zum Orgasmus anstieg. Und dann war es soweit. Sie stöhnte, als der Orgasmus durch ihren jungen Körper lief. Ein weiterer folgte und ihr ganzer Leib bebte. Sie hatte Erfahrung, da gab es keinen Zweifel. Johnnie fühlte, wie sein Großer Antwort auf ihre trainierten Manipulationen gab. Er blieb völlig still stehen und ließ sie allein alles machen, und dann nahm er seinen Rhythmus mit verstärkter Kraft und größerem Tempo wieder auf. Er trieb sich seinem Höhepunkt entgegen, der ihn plötzlich mit aller Macht packte. Sie stieß einen Schrei aus, als auch sie wieder kam, und er sah, wie sich ihr hübsches Gesicht vor unbeschreiblicher Lust verzog. Er beugte sich vor und küßte sie. Ihre Lippen schmeckten nach warmem Wasser, aber er nahm dies kaum wahr. Sein Hirn war voll von Lust, einer alles verändernden Lust, die für nichts anderes Raum hatte. Kein Gedanke und kein Bewußtsein war möglich, nur das Gefühl dieser Lust, die seinen Kopf in einer gewaltigen Feuersäule zu zerreißen schien.

Er ließ sie langsam hinunter; ihre Schenkel gaben nur widerstrebend nach. Er küßte sie wieder, ohne es wirklich zu wissen, und sie lehnte sich an ihn wie jemand, der von einem schnellen Lauf erschöpft ist.

»Huch, das war aber was«, stöhnte sie.

»Du sagst es. Damit hast du schon Essen und Quartier bezahlt.«

»Zerstör die Stimmung nicht, hm? Es war wunderbar. Ich kann mich nicht erinnern, je etwas so Schönes erlebt zu haben, und ich sage das nicht, damit du dich wie der größte Liebhaber der Welt fühlst. Das habe ich nie getan. Vielleicht mal eine Notlüge, wenn der Bursche überhaupt nichts taugte.«

»Okay«, sagte Johnnie. »Es war wirklich Klasse.«

Die Lust war vorbei, und er fühlte sich herrlich entspannt. Und auch auf einmal wieder müde. Alles was er sich wünschte, war ein Bett und viel Schlaf. Er drehte sich um und stellte das Wasser ab. Im Hinausgehen nahm er ein Handtuch mit. – Es war ein anstrengender Tag gewesen, und daß er das Mädchen Carol gefunden hatte, war das beste daran.


## ZEHNTES KAPITEL

Johnnie fuhr am nächsten Morgen heim, um sich umzuziehen, bevor er zur Arbeit ging. Er hinterließ eine Zehn-Dollar-Note auf dem Nachttisch und einen Zettel, mit welchem er Carol viel Glück für ihre Weiterreise wünschte.

Als er nach Hause kam, hielt ihn die Vermieterin auf der Treppe auf. »Mr. Castor, gestern abend wollte Sie ein Herr besuchen. Er sagte nicht, wer er war.«

Johnnie versuchte, sich zu überlegen, wer es wohl gewesen war, aber Denken war so früh am Morgen noch nie seine Stärke gewesen, und zudem war er zu durcheinander, um klar denken zu können. »Wie sah er denn aus?«

»Ein großer Mann; nicht sehr sympathisch«, sagte sie mit einem entschuldigenden Lächeln.

Johnnie dachte noch einen Moment nach und schüttelte dann den Kopf. »Ich kann mir nicht denken, wer es gewesen sein könnte. Hat er gesagt, was er wollte?«

»Nein, nur daß er etwas Privates mit Johnnie Castor in Ordnung zu bringen hätte und daß es ihm sehr recht wäre, wenn ich ihm sagen könnte, wo er Sie antreffen würde. Natürlich hätte ich es ihm nicht gesagt, und wenn ich hätte können.«

»Ich konnte nach dem, was gestern hier geschehen war, einfach nicht gleich wieder in die Wohnung gehen. Deshalb habe ich mir ein Zimmer in einem Motel genommen.«

»Oh, es geht mich ja gar nichts an, Mr. Castor. Sie dürfen nicht glauben, daß ich neugierig war.«

»Natürlich nicht. Bitte, entschuldigen Sie mich jetzt. Ich muß zur Arbeit und bin schon recht spät dran.«

Er kam fünf Minuten nach acht in die Bank. Der Abteilungsleiter blickte auf und lächelte ihn kurz und gewohnheitsmäßig an. Sie würden die Umstände berücksichtigen und bei ihm ein, zwei Tage die Zügel locker lassen. Es war Samstag, und die Bank hatte nur bis Mittag geöffnet. Johnnie arbeitete wie alle Kassierer jeden zweiten Samstag.

Der Tag kam ihm wie ein ganzer Arbeitstag vor. Er konnte seine Gedanken nicht auf das konzentrieren, was er gerade tat, und hatte großes Glück, daß er keine Fehler machte. Die Stunden schlichen vorüber, außer bei der Kaffeepause, die vorbeizuhuschen schien. Gegen zehn Uhr bekam er Hunger, und das Gebäck, das er in der Kaffeepause aß, nützte nicht viel. Er hatte ja auch kein Frühstück gehabt.

Endlich wurde es zwölf Uhr, und die Türen wurden geschlossen. Johnnie rechnete ab, so schnell er konnte. Jedermann war hilfsbereit, wollte es ihm leicht machen, weil alle die Zeitung gelesen und auch die Nachrichten im Fernsehen verfolgt hatten; sie wußten, daß er viel mitmachte. Sie nahmen an, daß er ins Krankenhaus ging, um Mary zu besuchen, und Johnnie meinte, daß er den Versuch machen sollte. Es war ihm zwar gar nicht danach, aber er liebte seine Frau immer noch, und es war seine Pflicht, bis zu ihr vorzudringen, auch wenn sie ihre Meinung noch nicht geändert hatte.

Aber mit leerem Magen ging das nicht. Er würde am besten einen von diesen riesigen Hamburgers essen, mit allem Drum und Dran und eine Malzschokolade dazu. Es würde wie in alten Tagen sein, dachte er bitter. Er setzte sich an die Theke und bestellte. Er wartete auf sein Essen, und jemand kam auf die andere Seite der Theke. »Sprichst du eigentlich nicht mehr mit alten Freunden?« Es war geisterhaft, weil es eine weibliche Stimme war, und für einen schrecklichen Moment schien es, als ob Faye zurückgekommen wäre. Langsam blickte Johnnie auf. Es war Carol. Sie hatte einen Kellnerinnen-Dress an, der nicht richtig saß, aber ihrer Figur schadete das nicht. Sie sah immer noch toll aus.

»Hey, was tust du denn hier?« wollte Johnnie wissen.

»Es klingt nicht gerade, als ob du dich riesig freuen würdest«, schmollte sie.

»Ich bin froh, ich bin froh«, sagte er wie ein Automat. »Aber was –«

In diesem Augenblick wurde ihm sein Essen serviert. Johnnie sprach nicht weiter, bis der Junge, der die Platte gebracht hatte, gegangen war. »Was zum Teufel tust du hier?« wiederholte er dann.

»Kunden bedienen, natürlich. Was sonst?«

»Willst du damit sagen, daß du hier richtig arbeitest?«

»Sicher.«

118

»Kommt ein bißchen plötzlich, nicht?« Er nahm ein Pommes-frites-Stäbchen und knabberte abwesend daran.

»Ich habe mich entschlossen, ein wenig in dieser Stadt zu bleiben und etwas Kies zusammenzukratzen, bevor ich weitertrampe. Also bin ich statt aus der Stadt in sie per Anhalter gefahren. Hier habe ich zuerst wegen Arbeit gefragt. Sie scheinen ein Mädchen von hier gehabt zu haben, aber die hat sich gestern in den Kopf geschossen, zusammen mit noch einem und bei einem dritten hat sie's auch versucht. Schrecklich nicht? Aber immerhin bedeutete das, daß sie wieder ein Mädchen brauchten, weil sie für heute noch viel Betrieb erwarten und so haben sie mich eingestellt.«

»Da hast du Glück gehabt«, sagte er. Er wußte nicht genau, warum es ihn störte, daß sie sich noch hier herumtrieb. Vielleicht wollte sie nach gestern abend noch mehr von ihm haben, und das würde die Sache mit Mary sehr komplizieren. Sein Magen knurrte und Carol mußte es gehört haben. Sie lachte. »Iß jetzt – ich muß sowieso zu meiner Kundschaft.«

Sie kam gerade zurück, als er fertig war. »Hat es geschmeckt, mein Herr?« fragte sie.

»Ausgezeichnet. Ganz ausgezeichnet.«

»Gibt es noch etwas, was die Geschäftsführung und deren Hilfen tun können, um den Herrn noch zufriedener zu machen?«

»Hm? Oh, ja.« Er lachte schwach. »Nein, ich brauche nichts mehr.« Er nahm seinen Kassenbon. »Ich möchte dich gern noch etwas fragen.«

»Ich bin ein offenes Buch für dich.« Sie schien Spaß an seiner Verwirrung zu haben und nahm ihn nicht ernst.

»Nicht weit von hier ist die nächste Stadt. Für dich war es

zu dieser wie zu jener gleich weit. Wieso bist du dann gerade hierher gegangen?«

Sie zuckte die Achseln. »Ich mag diese Stadt. Sie hat glückliche Assoziationen für mich. Außerdem mußte ich hierher schon deshalb kommen, weil ich jemand noch Geld schulde.«

»Was? Nun hör mal, wenn du damit mich meinst, du –«

»Ich bin der Meinung«, unterbrach sie ihn. Sie sah ihn an, und plötzlich wurden ihre Augen ehrlich und ernst. »Ich habe dir schon letzte Nacht gesagt, daß ich kein Geld nehme. Ich bin nicht – eine von denen.« Sie senkte ihre Stimme. »Ich muß annehmen, daß du es auch nicht so gemeint hast, als du das Geld auf den Nachttisch legtest – ich muß annehmen, daß das lediglich eine freundschaftliche Geste sein sollte.«

»Ja, natürlich. Selbstverständlich.«

»Fein. Dann war es ein Darlehen. Ich werde es von meinen ersten Trinkgeldern zurückzahlen. Okay?«

»Okay, okay.«


Viertel vor zwei ging er ins Krankenhaus. Ohne den Schock von gestern sah das Gebäude für ihn ganz anders aus. Sicher wird alles in Ordnung kommen, redete er sich selbst ein. Mary würde es überstehen und mit Carol würde es keine Schwierigkeiten geben. Sie war ein nettes Mädchen, und wenn sie merkte, daß er ein glücklich verheirateter Mann war, würde sie aus seinem Leben verschwinden, wie sie hinein gekommen war. Er war fast zufrieden, als er durch die Schwingtür trat. Er besuchte die Frau, die er so liebte wie keine andere. Es würde eine glückliche, tränenreiche kleine Szene geben, und beide würden dem anderen sagen, wie leid ihm oder ihr alles täte – und dann kamen Umarmungen und Küsse.

»Entschuldigung, Sir, kann ich Ihnen behilflich sein?« Es war die Dame vom Empfang. Nicht dieselbe wie gestern. Johnnie schenkte ihr ein breites Lächeln. »Ich möchte gern Mrs. Castor besuchen. Jetzt ist doch Besuchszeit?«

»Natürlich, Sir.« Sein Lächeln schien keine Wirkung zu haben. »Darf ich wissen wie Sie heißen?«

»Castor. Sie ist meine Frau.« Sie gab vor, auf einer Liste nachzusehen, aber er hatte das Gefühl, als ob das Theater wäre. Sie wußte schon vorher, was sie ihm sagen würde. Eine Wolke zog über seine Hochstimmung. »Es tut mir leid, Mr. Castor, aber Mrs. Castor kann heute keinen Besuch haben.«

»Ist es schlimmer geworden?« Johnnie spürte, wie es ihm kalt den Rücken hinunterlief.

»Nein, Sir, es geht ihr gut. Es ist nur so, daß sie selbst gewünscht hat, in den nächsten Tagen nicht gestört zu werden.«

»Durch absolut niemand?« fragte er kalt, als er verstand. »Oder nur nicht durch mich?«

»Tut mir leid, Mr. Castor, aber ich habe meine Anweisungen.«

»Die können Sie sich an den Hut stecken«, zischte er sie an. »Ich gehe zu meiner Frau. Sie und Ihre komischen Anweisungen werden mich nicht davon abhalten.« Er drehte sich auf dem Absatz um und ging hinein. Aber es war leer; sie hatten sie verlegt. Er stürmte in den Gang hinaus und hatte vor, in jedes Zimmer hineinzusehen, bis er Mary gefunden hatte.

»Halt, mein Fraund.« Die Stimme war ungewöhnlich tief und erklang direkt hinter ihm. Er spürte eine Hand auf seiner Schulter und wandte sich um, bereit, es mit jedem aufzunehmen, der ihn aufhalten wollte. Es war ein Bruder und ein großer, kräftiger Kerl. Er hatte einen weißen Mantel und weiße

Hosen an, und die Ärmel des Mantels spannten sich über seinen Bizeps. Er lächelte, aber es war ein hauchdünnes Lächeln. Und rechts hinter ihm stand noch so ein Riese, genau so kräftig aussehend, aber ohne jedes Lächeln.

»Was ist los?« fragte Johnnie und merkte, wie etwas von der Angst ihn verließ.

»Noch nichts«, sagte der Bruder. »Noch nichts, mein Freund, wir möchten nur nicht, daß hier Dummheiten gemacht werden, das ist alles. Wir glauben nicht, daß Sie hier rechtmäßig etwas zu tun haben, Freund. Sie wollten jemand besuchen, der diesen Besuch nicht haben will und damit hat sich's. Patienten haben hier die meisten Rechte, müssen Sie wissen.«

»Aber sie ist doch meine Frau!«

Der Mann war voller Anteilnahme.

»Okay, Kamerad, sie ist Ihre Frau. Aber manchmal passieren die komischsten Dinge auf der Welt. Sie wird sicher darüber hinwegkommen, ganz gleich, was es auch sein mag. Das ist meist so. Warum schreiben Sie nicht einen Brief an sie oder schicken ihr Blumen oder sonstwas?«

»Wenn ich bloß mit ihr sprechen könnte –«

»Es tut mir wirklich leid, Kamerad, aber da läuft nichts, bis sie anderer Meinung ist – oder bis sie hier raus ist. Dann, also wenn sie wieder zu Hause ist, können Sie ihr Ihre Meinung sagen und ihr von mir aus auch den Hintern versohlen, wenn sie es verdient hat, und ich wünsche Ihnen zu diesen Vorhaben das Allerbeste. Aber jetzt haben Sie nun mal hier nichts mehr verloren, und wir würden es begrüßen, wenn Sie den Weg zum Ausgang ohne weitere Schwierigkeiten finden würden.«

Johnnie hätte am liebsten um sich geschlagen, aber der Mann tat ja nur seine Pflicht, und es hatte keinen Sinn, sich mit ihm und seinem Kollegen herumzuprügeln. Er zuckte die Achseln und ging gemächlich auf den Ausgang zu.

Er fand eine Telefonzelle an der nächsten Straßenecke und rief Marys Eltern an. Er hörte das Zeichen drei Mal, bevor Marys Mutter sich meldete. »Es tut mir leid, dich zu stören«, sagte Johnnie, »aber ich habe mir überlegt, ob du vielleicht mit Mary sprechen könntest. Sie will mich nicht sehen. Sie hat im Krankenhaus Anweisung gegeben –«

»Na und? Kannst du es ihr verübeln?« unterbrach ihn die Frau. »Du brauchst uns nie mehr um Hilfe wegen Mary zu bitten, Johnnie Castor. Nachdem du sie so behandelt hast, müßtest du froh sein, daß mein Mann nicht mit einer Pferdepeitsche auf dich losgeht!« Sie mußte den Hörer auf die Gabel geknallt haben. Auch Johnnie hängte ein und ging zu seinem Wagen. Er fluchte ununterbrochen.

Als er nach Hause kam, fand er eine Nachricht unter der Türe hindurch geschoben. »Was ist zum Teufel nun schon wieder los?« knurrte er ärgerlich. Er hob den Umschlag auf und stopfte ihn in seine Tasche. Dann ging er in die Küche und holte sich ein Bier. Er riß den Verschluß von der Dose auf, warf ihn in den Ausguß und nahm einen kräftigen Schluck. Im Wohnzimmer schaltete er den Fernseher ein, weil er die Stille in der Wohnung nicht aushalten konnte. Nun fiel ihm der Umschlag in seiner Tasche ein, und er zog ihn heraus. Gerade als er ihn öffnen wollte, läutete das Telefon. Er machte einen Satz auf den Apparat zu und hätte fast sein Bier verschüttet. Er war so aufgeregt, weil er annahm, es würde Mary sein.

»Hallo?« Seine Stimme klang wie im Stimmbruch.

»Mr. Castor?« Die Stimme am anderen Ende klang ganz anders. Tief, bestimmt und sehr, sehr männlich.

»Ja«, sagte Johnnie. Man hörte die Enttäuschung heraus.

»Hier spricht Leo Baxter. Haben Sie meine Nachricht bekommen?«

»Ihre – oh, ich bin soeben erst nach Hause gekommen. Ich habe sie noch nicht gelesen.«

»Mr. Castor, ich hätte Sie gern gesprochen. Könnten Sie gleich zu mir ins Büro kommen?«

»Wenn es nötig ist. Aber ist es wirklich so dringend?«

»Was ich Ihnen geschrieben habe, erklärt es. Eine Karte ist auch dabei, Sie finden meine Adresse darauf. Ich hätte die Sache gerne erledigt, bevor ich abreise.«

»Gut. Ich komme.« Johnnie legte auf und trank von seinem Bier. Er würde sich nun den Zettel ansehen, und wenn es ein Verkaufstrick oder etwas Ähnliches war, würde er sich eine Weile aufs Ohr legen.

Die Karte bekam er zuerst in die Hand, und sie überraschte ihn. Es war die Karte eines Anwaltbüros. Baxter & Ward. Johnnie steckte sie in die Tasche seines Hemdes und las den Brief.

»Sehr geehrter Mr. Castor, ich habe versucht, Sie zu erreichen, aber es ist mir nicht gelungen. Würden Sie sich, bitte, so bald wie möglich mit meinem Büro in Verbindung setzen. Es hat mit der verstorbenen Faye . . .«

Johnnie traute seinen Augen nicht. Faye? Was konnte ein Rechtsanwalt mit ihm wegen Faye zu besprechen haben? Er war doch bei dem makabren Geschehen nicht in der Nähe gewesen. Man konnte ihn für nichts verantwortlich machen. Und wenn es das gewesen wäre, dann hätte sich der Staatsanwalt an ihn gewandt und nicht eine private Anwaltsfirma. Ob es auch etwas mit Mary zu tun hatte? Sie würde sich doch bestimmt nicht scheiden lassen! Natürlich nicht. Wenn das der Fall gewesen wäre, dann hätte ihm Baxter schon am Telefon etwas davon gesagt. Nein, es handelte sich um Faye, nicht um Mary.

Er zog den Mantel an, ging hinunter, stieg in seinen Wagen und fuhr zu der Adresse, die auf der Karte stand. Es war ein kleines Büro in der Stadtmitte. Er ging eine kurze Treppe hinauf und klopfte an die Tür. Eine männliche Stimme forderte ihn auf, einzutreten.

»Ich bin Johnnie Castor.«

»Guten Tag, Mr. Castor. Kommen Sie doch in mein Büro. Samstags ist meine Sekretärin nicht da. Sie muß sich zu Hause um das Baby kümmern – sie ist nämlich auch meine Frau.« Johnnie folgte ihm. Das Büro war nicht imposant, aber sauber und ordentlich. Johnnie nahm den angebotenen Stuhl, und Baxter setzte sich auf die andere Seite des Schreibtisches. Er nahm einen Aktendeckel auf.

»Die fragliche Klientin«, begann er, »kam am Tag vor ihrem Tod zu mir und ließ ein Testament machen.«

»Faye? Faye hat einen letzten Willen hinterlassen?«

»Es besteht die Möglichkeit, daß das Testament angefochten wird, weil sie nicht im Vollbesitz ihrer geistigen Kräfte gewesen sein könnte. Aber sie hat überhaupt keine Angehörigen oder Verwandte, so daß niemand es anfechten wird.«

»Entschuldigen Sie, Mr. Baxter, aber was hat dies alles mit mir zu tun?«

»Hm? Oh, Entschuldigung. Ich hatte angenommen, daß ich das bereits erwähnt hätte. Gemäß dem Testament erben Sie alles.«

Johnnie starrte sein Gegenüber an. »Faye hat mir alles vererbt? Mein Gott, warum denn?«

»Das hat sie nicht gesagt. Es wird nicht viel sein, nehme ich an. Es scheint sich um ein altes Haus zu handeln, die Möbel, Kleider, Fotografien und ähnliches. Und ein Auto. Ich meine, daß sie gesagt hat, daß das Auto nicht läuft. Trotzdem gehört nun alles Ihnen.«

»Einfach so?«

»Warum nicht? Es ist ein einfaches Testament, rechtmäßig ausgestellt, und wenn es nicht innerhalb sechzig Tagen beim Gericht angefochten wird, ist es bindend. Da ich einen Einspruch nicht annehme, überreiche ich als Testamentsvollstrecker Ihnen alles schon jetzt. Sie hatte unsere Karte in der Handtasche, und die Polizei hat uns ihre Habseligkeiten übergeben.« Er nahm Fayes abgewetzte Tasche und schob sie über den Tisch Johnnie zu. Johnnie wollte sie nicht anrühren; sie sah so verloren und pathetisch aus. Schließlich nahm er sie doch. »Wir haben hier eine Liste über den Tascheninhalt«, sagte der Anwalt. »Wenn Sie hier noch unterschreiben, sind wir soweit fertig. Die Schlüssel für das Haus sind in der Tasche.«

Johnnie nahm den Kugelschreiber, den ihm Baxter hinhielt und unterschrieb die Aufstellung. Er stand auf. »Das wäre dann wohl alles – oder?«

»Ja, das wäre alles, Mr. Castor. Zumindest für jetzt. In ein oder zwei Tagen komme ich mit Ihnen hinaus, um die Einrichtung des Hauses aufzunehmen.«

»Fein.«

Baxter stand auf und begleitete Johnnie hinaus. »Entschuldigen Sie, Mr. Castor, aber sind Sie nicht der Mann, wegen dem –«

»Ja, der bin ich.«

»Frauen machen manchmal die dümmsten Sachen, nicht wahr?«

»Ich meine, daß wir das alle mal tun.«

»Ja. Sie mögen recht haben.«

Johnnie ging zu seinem Wagen und ließ den Motor an. Er

126

war ein wenig durcheinander von dem Karussell, das plötzlich aus seinem Leben geworden war. Er hatte eigentlich zu gar nichts Lust, aber er sah es als seine Aufgabe an, mal nach Fayes Haus zu sehen – nach seinem – korrigierte er sich selbst. Als er an dem Gasthaus *Kandy Kitchen* vorbeifuhr, sah er Carol. Ohne etwas zu denken, hupte er und fuhr an den Randstein. Sie rannte und schlüpfte auf den Sitz neben ihm. »Um was geht's?« rief sie fröhlich.

»Ich habe soeben ein Haus geerbt«, sagte Johnnie. »Wohin gehst du?«

»Ich habe Mittagspause, und ich wollte mit den zehn Dollar, die du mir geborgt hast, einige Sachen einkaufen – Lippenstift und so.«

»Möchtest du mal mein Haus sehen?« Er hatte nicht daran gedacht, es zu sagen, aber es kam ohne Zögern über seine Lippen. Sie grinste ihn an.

»Ich könnte mir kein Haus vorstellen, das ich mir lieber ansehen würde. Lippenstift kann ich auch ein andermal kaufen. Wer hat es dir hinterlassen?«

»Eine alte Freundin – ob du es glaubst oder nicht.«

»Ich glaube es. Es tut mir aber trotzdem wegen diesem Mädchen leid.«

»Zwischen uns war es so oder so vorbei.«

»Sie hat aber offensichtlich an dich gedacht.«

»Weißt du was? Sie hat mich zum Erben gemacht, damit ich mich übel fühlen soll.«

»Und fühlst du dich so?«

Johnnie überlegte. »Ja – ein bißchen.«

Er fuhr zu dem alten Haus und parkte in der Auffahrt. Es kam ihm vor, als ob ihn neugierige Augen von allen Seiten beobachteten und er mußte sich beherrschen, um nicht die Zunge herauszustecken.

»Sollte mal wieder gerichtet werden«, sagte Carol. »Aber umsonst ist es nicht schlecht.«

Johnnie fischte die Schlüssel aus der Handtasche und öffnete die Vordertür. Es sah alles noch genau so aus wie damals, als er mit Faye zum letztenmal im Bett gewesen war.

»Abstauben müßte man auch mal«, meinte Carol. »War dieses Mädchen lange krank, ehe sie starb?«

»Ich glaube, daß man so sagen könnte.« Johnnie mußte ein bitteres Lachen unterdrücken.

»Was meinst du damit?«

»Wenn du physisch krank meinst, dann war sie überhaupt nicht krank. Sie hat sich gestern selbst getötet.«

»Oh.« Es brauchte einen Moment, bis sie das ganz begriffen hatte. »Heiliger Bimbam, war sie die eine, wo – «

»So ist es. *Du* hast nun ihren Job und *ich* ihr Haus.«

Johnnie ging ins Schlafzimmer. Das Bett war nicht gemacht. Es sah eben nach Faye aus, ein Wirrwarr aus Laken und Decken. Er setzte sich darauf. Wie es unter ihm nachgab, kam es ihm bekannt vor – so wie es Faye gewesen wäre, wenn sie unter ihm gelegen hätte. Carol kam ihm ins Zimmer nach.

»Ich habe gehört, daß sie sich wegen einem Kerl umgebracht hat und dazu eine seiner Freundinnen, und bei seiner Frau hat sie's auch versucht.« Sie wartete darauf, daß er etwas sagte. Als er stumm blieb, meinte sie. »Bist du der Kerl?«

»So ist es.«

»Und was macht deine Frau?«

»Sie möchte mit mir nichts mehr zu tun haben.«

»Oh.«

»Man kann ihr das nicht verübeln, hm?«

»Das habe ich nicht gesagt. Frag mich nicht. Ich kenne die ganze Geschichte nicht.«

»Es ist eine sehr nette Geschichte, mein Schatz.« Und ganz unerwartet traten Tränen in seine Augen. Er lehnte sich nach vorn, hielt seinen Leib, so als ob er gekickt worden wäre. Es war für einen einzigen Mann zu viel, was er in so kurzer Zeit durchmachen mußte.

Carol rannte zu ihm hin. »Hey, Johnnie, nimm's doch nicht so schwer, hm? Ich kann es nicht mit ansehen, wenn ein so großer, starker Mann weint. Es paßt auch irgendwie gar nicht zu dir.«

»Es tut mir leid«, sagte er knapp. Er konnte die Tränen nicht zurückhalten. Und ein hartes Schluchzen schüttelte ihn. Carol legte eine Hand auf seinen Magen und schob ihn so lange zurück, bis er auf das Bett fiel und gegen die Decke starrte. Er mußte weiterweinen. Er kam sich wie ein Idiot vor, konnte aber nichts dagegen tun. Er spürte Carols Hand an seiner Hose herumfummeln und das war eine solche Überraschung, daß sein hysterischer Schock schlagartig zu Ende war. Ihre Finger waren in seiner Hose, und er spürte, wie sie warm und weich sein Kerlchen umschlossen. Er zuckte bei der Berührung zurück. Ihre Hand war zärtlich aber entschlossen, und er dachte kurz daran, daß eine Frau wohl ähnlich fühlen mußte, wenn ein Mann daran ging, sie zu verführen: zärtlich, aber entschlossen. Sie holte seinen Kleinen aus der Hose und hielt ihn aufrecht in beiden Händen, obwohl er zu diesem Zeitpunkt nicht mehr viel Stützung brauchte. Dann spürte er ihren Atem auf der Spitze – warm und sanft wie der eines Babys. Sein Schnucki schien sich dem Ursprung dieses warmen Atems entgegenzurecken, wie eine Blume der Sonne. Sie bewegte die Hände ein wenig, um dann mit ihrer Zunge ganz leicht über die Spitze zu fahren. Beim erstenmal spürte er es kaum, aber es war genug, um seinen Kumpel groß und hart zu machen. Er stöhnte und hörte, wie sie etwas vor sich hin murmelte, wie wenn man ein Kind tröstet. Dann war ihre Zunge wieder da, stärker jetzt, und er stöhnte erneut, noch lauter, als sie ihre Lippen öffnete. Er merkte bald, daß sie Erfahrung besaß. Es war sehr schön für ihn, beinahe zu schön, so daß er sich nicht mehr beherrschen konnte und zwischen undeutlich gestammelten Lauten kleine Schreie ausstieß.

Sie versuchte nicht, ihn lange hinzuhalten. Die pausenlosen Bewegungen ihrer Lippen und die Liebkosungen ihrer Zunge trieben die Lust in ihm zu einer fast unerträglichen Höhe, bis er glaubte, daß ihm seine Schädeldecke davonflog. Er spürte, wie sich seine Bauchmuskeln zusammenzogen, und dann war es soweit . . .

»So, Liebling. Fühlst du dich nun besser?« fragte sie nach einer Weile.

Er antwortete ihr einige Sekunden lang nicht, lag nur da und starrte an die rissige Zimmerdecke. Dann richtete er sich auf. »Viel besser. Du weißt, wie man einem Mann seine Sorgen vergessen macht.«

»Und du kennst nun meine schwache Stelle. Immer, wenn du so getröstet werden willst, dann brauchst du nur die Kleine-Buben-Schau abzuziehen. Ich bin Wachs in deinen Händen. Ich kann es einfach bei einem erwachsenen Mann nicht sehen, wenn er weint – besonders nicht bei einem solchen Mann wie du – und ganz besonders nicht bei einem, den ich wirklich mag.«

»Du brauchst dir wegen einem eventuellen Mißbrauch keine Sorgen zu machen«, sagte er. »Ich habe nicht mehr geweint, seit ich ein Kind war. Ich weiß nicht, was über mich gekommen ist.«

»Red keinen Quatsch. Du weißt ganz genau, woher es

kam. Es war einfach zu viel für dich. Kein Mensch kann unentwegt Schläge aufs Kinn aushalten und dann nicht auf die Bretter gehen.«

»Vielleicht hast du recht. Aber ich habe ja auch den Krieg ausgehalten.«

»Dann hattest du erst recht einen Grund. Es hat sich alles in dir angestaut. Ich verstehe es sowieso nicht, warum die Männer so eine Geschichte um ein paar Tränen machen. Sie sind von Zeit zu Zeit ganz gut.«

Er lächelte. »Weißt du, daß du ein ganz tolles Mädchen bist?«

»Du bist mir keine Schmeichelei schuldig.«

»Das war auch keine.«

»Okay. Dann danke. Ich nehme gern ehrliche Komplimente entgegen.«

Carol ging ins Bad, und kurz darauf hörte er sie gurgeln. Einen Moment später kam sie zu ihm zurück und ging auf das Bett zu. Johnnie saß auf dem Bettrand, sie setzte sich dicht neben ihn und schlang ihre Arme um seinen Nacken. »Gereinigt – wie wär's mit einem Kuß?« fragte sie ihn grinsend. Johnnie gab ihr einen sehr tiefen Kuß. Sie stand auf und ging zur Tür. »Bleib sitzen«, sagte sie. »Du siehst müde aus. Warum schläfst du nicht eine Weile?«

»Ja, das will ich tun.« Vielleicht fand er auch etwas zu essen.

»Für den Fall, daß du nicht von selbst aufwachst, soll ich später kommen und dich wecken?«

Johnnie hatte eine Idee – sie traf ihn wie ein Blitz, und er wunderte sich darüber, daß er darauf nicht schon früher gekommen war. »Carol, möchtest du gern hier wohnen?«

»Waaas?«

»Nur vorübergehend, natürlich. Ohne jede Verbindlichkeit. Du hast keine Verpflichtung außer der einen, mir vorher zu sagen, wenn du von hier verschwinden möchtest.«

»O Mann, ich weiß nicht. Ich war immer eine von der Art, die ohne Bindungen gelebt hat – «

»Ich habe dir doch soeben erklärt – «

»Es spielt keine Rolle, was du mir erklärst, Johnnie. Ich muß für mich selbst denken, nicht du. Ich glaube, daß ich – « Sie zögerte, und plötzlich war ein Grinsen auf ihrem Gesicht. »Zum Teufel, warum eigentlich nicht? Es ist mal was Neues. Ich hab's schon mal für mein Supper gemacht, wie ich dir letzte Nacht erzählt habe, aber eine richtige Geliebte mit Wohnung war ich noch nicht. Du mußt mir nur eines versprechen.

»Und das wäre?«

»Versprich mir, daß ich nicht erschossen werde«, sagte sie.


## ELFTES KAPITEL


Johnnie konnte es in seiner Wohnung nicht mehr aushalten. Ohne Mary war sie eine Folterkammer der Erinnerungen. Am nächsten Morgen sagte er der Vermieterin, daß er ein Haus geerbt hätte, nicht mehr. Sie fragte ihn, wohin die Sachen Marys sollten und er gab ihr die Telefonnummer seiner Schwiegereltern. »Rufen Sie sie an. Mit mir sprechen sie nicht.« Er war überrascht, wie er dies so leicht sagen konnte und beinahe davon überzeugt, daß ihm diese Sache nun egal war. Die Vermieterin starrte ihn mit offenem Mund an, und dann kam die Geschwätzigkeit in ihre Augen. Johnnie ließ sie stehen und holte seine Kleider und ein paar persönliche

Dinge. Den Rest überließ er Mary. Er lud gerade seine Sachen in das Auto, als die Vermieterin herausgerannt kam. »Ich hätte es beinahe vergessen. Dieser Mann war gestern wieder da«, sagte sie ein bißchen atemlos.

»Welcher Mann?«

»Der eine, der Sie sprechen wollte. Er sagte mir immer noch nicht, wer er war oder was er wollte. Nur, daß er etwas mit Ihnen zu erledigen hätte und wenn Sie ihn sehen würden, dann würden Sie noch bald genug wissen, um was es sich drehte. Ich hab' das nicht begriffen.« Sie sah ihn erwartungsvoll an.

»Sowenig wie ich«, sagte Johnnie. »Danke.« Er stieg in seinen Wagen und ließ den Motor an.

»Wenn er nochmals kommen sollte, soll ich ihm dann sagen, wohin Sie gegangen sind?«

»Wie können Sie das denn?« fragte er unschuldig. »Sie wissen doch gar nicht, wohin ich gehe.« Mit diesen Worten fuhr er ab.

Wer es auch war, der ihn suchte, es klang nicht gut. Er versuchte sich an jemand zu erinnern, der etwas gegen ihn haben könnte, aber er schien nicht mehr geadeaus denken zu können. Er brauchte Ruhe, entschied er. Vielleicht war es richtig, das alte Haus zu verkaufen und für einige Monate aus der Stadt zu verschwinden. Aber vor diesem Burschen wollte er auch nicht davonlaufen. Er hatte keine Angst vor ihm. Wenn es einer darauf anlegte, okay, ein guter Kampf würde auch dazu beitragen, ihn zu entspannen. Auch nicht vor Mary und ihrer Superfamilie wollte er davonrennen. Er würde es hier durchstehen; in dieser Stadt, wo er geboren wurde und aufgewachsen war. Sie konnten es sich sieden oder braten – er hatte genausogut das Recht, hier zu leben wie sie alle.

Als er zu dem alten Haus kam, war es leer. An einer Vase lehnte eine Nachricht von Carol. Er las, daß sie den Staubsauger genommen und ein wenig Ordnung geschaffen hätte. Es sah jetzt nicht gerade wie das Schaufenster eines Einrichtungshauses aus, aber in der kurzen Zeit hatte sie gute Arbeit geleistet. Er las weiter. »Werter Herr Hausbesitzer, ich war dafür, ein bißchen aufzuräumen. Jeden Tag etwas. Damit werde ich auch meine Miete bezahlen. Wenn Du Hunger hast, dann komm rüber, und ich will sehen, daß ich einen Hamburger für dich abstauben kann – zumindest kannst du das Trinkgeld sparen. Halt ihn steif bis ich heimkomme. In Liebe, C.« Er lächelte und ließ den Zettel auf den Tisch fallen, dann räumte er seine Kleider ein. Es war nicht viel Platz, weil Fayes Sachen noch da waren. Er wollte daran denken, daß er die Heilsarmee anrufen würde, sobald die Bestandsaufnahme gemacht worden war. Er bezweifelte, daß Carol von den Sachen haben wollte; es würde ihr kaum etwas passen. Es klopfte an der Tür. Im Gehen zündete er sich eine Zigarette an. Er machte die Tür auf und in Sekundenschnelle wußte er, wer nach ihm gesucht hatte.

Pete Crosby.

Groß stand er vor ihm und häßlich. Er hatte sein übliches Grinsen auf seinem Gesicht, die Art Grinsen, das er auch in Vietnam gezeigt hatte, wenn er sich einen Gefangenen vornahm oder sonst einen armen Hund, der sich für seinen Geschmack nicht schnell genug bewegt hatte.

Johnnie versuchte, die Tür zu schließen, aber Pete war für einen Mann seiner Größe überraschend schnell. Er stellte einen Fuß dazwischen und drückte dann die Tür nach innen. Johnnie schob mit seiner Schulter dagegen, aber Pete tat dasselbe, und bei ihm war weit mehr Schulter da. Die Tür bewegte sich nach innen. Johnnie leistete noch eine Weile Widerstand und ließ dann los. Er glitt nach links, und die Tür ging auf einmal an seiner Schulter vorbei auf. Pete schoß hindurch, und Johnnie stellte ihm einen Fuß in den Weg. Auf seinem Sturz nach unten bekam Pete noch die fest zusammengefalteten Hände Johnnies wie eine Axt ins Genick.

Pete stieß einen Laut aus, der sich wie »Ouofff!« anhörte, und fiel dann wie ein Brett zu Boden. Johnnie dachte zuerst ans Weglaufen, aber dann ließ ihn eine perverse Sturheit stehen bleiben. Er war schließlich in seinem Haus.

»Das war nicht schlecht, Johnnie«, sagte Pete und stand langsam auf. »Aber mach dir keine Sorgen, ich zähle das bei der Schlußabrechnung dazu, mein Junge.« Er stand auf beiden Füßen, ein Turm, zehn Zentimeter größer als Johnnie und stürzte sich auf ihn. Johnnie tanzte ihm aus dem Weg.

»Nun, Pete, sieh mal her, ich weiß nicht, was du gegen mich hast, aber – «

»Du weißt es nicht, hm? Ich täusche mich also, wenn ich annehme, daß du meine Frau gevögelt hast?«

»Quatsch, Mann, wenn du alle Männer umbringen willst, die das getan haben, dann brauchst du einen Computer – « Daß er da aber die falsche Taktik eingeschlagen hatte, wußte Johnnie sofort; diese Worte waren ihm aus Nervosität entschlüpft. Petes Augen wurden fast rot vor Wut, und er ging erneut auf ihn los. Johnnie tanzte wieder zur Seite und stieß seine Faust dem Angreifer tief in den Leib. Es war, als ob er auf mageres Rindfleisch geschlagen hätte, aber einen gewissen Effekt schien es doch zu haben. Pete stieß einen dumpfen Laut aus und fiel an die Wand zurück. Dort stand er einen Moment und schnappte nach Luft.

»Auch das war nicht übel, Castor«, sagte er. »Aber in einer Minute habe ich dir das Genick gebrochen.«

»Sei vernünftig, Pete«, sagte Johnnie und trat etwas zurück. In einer Unschuldsgeste spreizte er seine Hände vor sich. »Ich wollte dir keinesfalls weh tun, Mann. Ich weiß wirklich nicht, warum du hinter mir her bist. Ich habe deine Frau bestimmt nicht verführt, Pete. Ganz im Gegenteil. Ich möchte sie aber nicht schlecht machen oder so. Aber zwischen ihr und mir war das nun mal so.«

Pete stieß sich von der Wand ab und stampfte wieder auf Johnnie los. Diesmal bewegte er sich langsamer, vorsichtiger. So sah er viel gefährlicher aus und war es wahrscheinlich auch. Johnnie versuchte es nun mit seinem Charme. »Pete, wir kennen uns doch vom Kommiß her, und ich weiß wie stark du bist. Du bist auch viel schwerer als ich. Mann, ich habe doch gar keine Chance gegen dich – und du nennst das einen fairen Kampf? Ein richtiger Treffer und du könntest mich töten!«

»Das wäre gar nicht schlecht«, sagte Pete grinsend. »Du hast meine Frau umgebracht, und nun mache ich dasselbe mit dir. Ist das vielleicht nicht fair?«

»Ich soll deine Frau getötet haben? Wie kommst du darauf. Ich war überhaupt nicht in der Nähe als – «

»Faye hätte es nicht getan, wenn es dich nicht gegeben hätte. Sie haben um dich gekämpft, du Hundesohn! So wie ich es ansehe, hast du meine Frau getötet, und nun bekommst du die Quittung für all den Spaß, den du so nebenher mitgenommen hast.«

»Pete, du siehst das nicht richtig. Überlege dir gut, was du machst! Wenn du mich umbringst, bist du dran. Mindestens lebenslange Pension auf Staatskosten ist dir sicher.«

»Da irrst du dich, Idiot. Kein Gericht in dieser Stadt wird mich verurteilen. Ich habe dann nur den Verlust meines glücklichen Heims gerächt.«

Er kam ein wenig näher. Plötzlich brachte Johnnie seine

Augen nicht mehr von Petes Armen los, deren Muskeln zu ungeheurer Größe anzuschwellen schienen. Alles was er denken konnte, war, daß wenn dieser Gorilla ihn zu fassen bekam, es dann Zeit war, seine Seele zu empfehlen. Er wich nach hinten aus . . . und spürte den Tisch an seinem Rücken. Pete kam wieder näher.

»Nun sind wir soweit, Castor.« Er kam schnell, nahm die letzten Schritte in einem Satz. Johnnies Hand fand die Vase hinter ihm, er hob sie hoch und ließ sie mit aller Kraft auf den Kopf Petes niedersausen. Die Vase zerbrach in tausend Scherben, und Pete ging zu Boden. Johnnie hörte noch einen Schmerzenslaut, und dann rannte er, so schnell wie er konnte. Plötzlich war es ihm gleichgültig, ob es sein Haus war oder nicht – er wollte nur von diesem Tier wegkommen, so weit wie möglich. Er würde die Polizei anrufen und so dafür sorgen, daß dieser Irre einige Zeit aus dem Verkehr gezogen wurde, damit er keinen weiteren Schaden mehr anrichten konnte. Er war noch nicht ganz durch das Zimmer gekommen, als er Pete hörte, der verhältnismäßig schnell aufstand. Er wirbelte herum und brachte sein Knie mit aller Wucht nach oben. Er traf genau dort, wo er es gewollt hatte: zwischen Petes Beine. Pete heulte wie ein Wolf und ging auf die Knie hinunter, hielt sich mit beiden Händen den Unterleib. Johnnie sah nicht ein, warum er nun aufhören sollte. Wie bei einem Kriegstanz umkreiste er seinen Gegner und trat ihn dann gegen den Kopf, und Pete fiel um. Er war so gut wie bewußtlos. Johnnie holte schon wieder mit dem Fuß aus, als eine Glocke in seinem Hirn zu läuten schien: Wenn du jetzt zutrittst, dann hörst du nicht vorher auf, bis der Bastard hinüber ist.

Es kostete ihn alle Kraft, um sich so weit zu beherrschen, daß er seinen Fuß zurückhielt. Er wollte von selbst nach vorne fliegen, hinein in diesen einladenden, gewaltigen Brustkorb. Aber er schaffte es; die Vernunft kehrte wieder in ihn zurück, und er setzte den Fuß auf. Das alles, die Entscheidung über Tun oder Nichttun, hatte nur eine Sekunde gebraucht.

Es war unheimlich schwierig, Pete aus dem Haus auf die Terrasse hinaus zu zerren. Dort ließ er den schlaffen Körper liegen, ging zurück ins Haus, schloß und verriegelte die Tür und wandte sich dann dem Telefon zu. Er rief die Polizei an und schilderte, was geschehen war. Er sagte ihnen, daß Pete nun bewußtlos vor dem Haus lag und daß er es sehr begrüßen würde, wenn sie bald kämen, um ihn abzuholen, weil die Müllabfuhr erst wieder in drei Tagen kommen würde.

Fünfzehn Minuten später bremste ein Polizeiauto vor dem Haus. Die Polizisten stellten noch einige Fragen und wunderten sich sehr, daß er es geschafft hatte, einen Mann, der um so viel größer und stärker war, derart zuzurichten. Sie trugen Pete weg und überlegten dabei laut, ob sie für ihn nicht doch lieber einen Krankenwagen rufen sollten. Johnnie ging ins Haus zurück und suchte nach Whisky. Zu seiner Freude fand er eine Flasche und schenkte sich einen Doppelten ein. Er war nervös wie eine Wildkatze, und der Whisky schwankte in seinem Glas, als er es an die Lippen führte. Er stürzte alles in einem Zug hinunter und hustete, als sich das scharfe Getränk seinen Weg den Hals hinunterbahnte. Ein genau so großer Schluck folgte, dann schwankte er in das Schlafzimmer und ließ sich auf das Bett fallen. So wollte er nur liegen bleiben, bis er wieder einigermaßen beieinander war.

Er wachte daran auf, daß ihn jemand rüttelte. Er setzte sich auf, hatte schon die Fäuste geballt und war bereit zu kämp-

138

fen. Er hörte einen kleinen, unterdrückten Schrei, der ihn ganz zu sich brachte.

»Jesus, reagierst du immer so, wenn du aufwachst?« fragte Carol. »Was? Oh, hallo!«

»Wenn das nämlich so ist, dann suche ich mir lieber jemand anderen, mit dem ich schlafe. Im Bett bist du ganz groß, Johnnie, aber es hat Grenzen, was ich dafür in Kauf nehme.«

»Über was zum Teufel redest du bloß? Nein, ich bin nicht immer so – du hast mich nur zu einer recht ungünstigen Zeit erwischt.«

»Was ist denn los?«

»Ein verrückter Bursche ist heute hier hereingestürmt und wollte mich umbringen.«

»Das kann doch nicht wahr sein! Du willst mich auf den Arm nehmen!«

»Mein voller Ernst! Ich hatte alle Hände voll zu tun, um sein Vorhaben scheitern zu lassen.«

»Um Himmels Willen, was hast du getan?«

»Erst habe ich ihn mit Worten zur Vernunft bringen wollen.«

»Das klingt vernünftig. Und dann?«

»Dann habe ich versucht, vor ihm wegzurennen.«

»Versucht?«

»Er war schneller zu Fuß, als er aussah.«

»Was hast du dann gemacht?«

»Dann habe ich mich schließlich gewehrt, und ich bin offensichtlich besser als er gewesen, denn es endete damit, daß ich ihn auf die Terrasse hinaus schleifen mußte. Später hat ihn dann die Polizei abtransportiert.«

»Hatte das irgendwie etwas mit diesen Frauen zu tun? Ich meine, war die eine, die geschossen hat –«

»Ja. Es hatte tatsächlich mit diesen Frauen zu tun. Die eine mit der Kanone erschoß die Frau des Mannes, der mich seiner Frau nachfolgen lassen wollte, weil er mir die Schuld an der ganzen Sache gibt. Ich habe sogar Verständnis für ihn, weil ich weiß, daß er auf eine bestimmte Art nicht ganz normal ist.«

»Eines muß man dir ja lassen, Johnnie, es wird in deiner Nähe nie langweilig.«

»Wenn du glaubst, daß es zu aufregend ist, kannst du dich ja jederzeit mit erhobenem Daumen an den Straßenrand stellen. Es gibt bestimmt wieder einen, der dir für deine liebevollen Dienste eine Mahlzeit bezahlt.« Er bedauerte die Worte schon, ehe er sie richtig ausgesprochen hatte, aber er sagte sie trotzdem aus einer, durch die Müdigkeit geborenen Sturheit heraus. Er bedauerte es um so mehr, als er sah, daß Tränen in die Augen Carols stiegen.

»Ich werde es dir schon sagen, wann ich gehen will«, sagte sie. »Aber wenn du meinst, daß ich sofort verschwinden soll, dann brauchst du nur ein Wort zu sagen. Ich habe es bisher fertig gebracht, am Leben und gesund zu bleiben – und das schon über zwanzig Jahre, und ob du es glaubst oder nicht, sogar ganz ohne dich. Ich könnte mir vorstellen, daß ich das auch – «

Johnnie stand auf und nahm sie in seine Arme. Sie kuschelte sich sofort an ihn. »O Mädchen, es tut mir leid«, sagte er. »Ich bin so nervös, weil doch in der letzten Zeit recht viel auf mich eingestürmt ist. Und nun bin ich so gemein und lasse das alles an der Person aus, die es am allerwenigsten verdient hat! Tu mir den Gefallen und vergiß, daß ich mein gehässiges Maul so aufgerissen habe, Carol.« Bevor sie etwas darauf sagen konnte, gab er ihr einen langen, tiefen Kuß und sie erwiderte ihn.

»Für diese Art der Entschuldigung habe ich nun mal eine besondere Schwäche«, sagte sie und lehnte ihren Kopf an seine Brust. Und plätzlich strahlte sie ihn an. »Hey, hast du etwas gegessen?«

»Nein. Mir war nicht danach.«

»Und wie ist's jetzt damit?«

»Nun könnte ich etwas vertragen, aber ich weiß nicht, ob eßbare Dinge im Haus sind. Ich wollte gerade alles inspizieren und dann gehen und Verschiedenes kaufen, als –«

»Mach dir darüber keine Gedanken mehr. Ich habe etwas mitgebracht. Sachen, die sie sonst weggeworfen hätten. Ich habe alles in meiner Tasche.« Sie rannte ins Wohnzimmer wie ein kleines Mädchen, das ganz glücklich darüber ist, seinem Daddy etwas Selbstgemachtes zu zeigen. Johnnie lächelte vor sich hin und ging ihr nach. Sie öffnete die Tasche und begann auszupacken. Zuerst einige in Folie verpackte Hamburgers, dann einige Behälter mit Kaffee und schließlich einen halben Kuchen.

»Mein Gott, das ist ja soviel, um einen Trupp ausgehungerter Soldaten zu verpflegen!«

Sie grinste glücklich. »Sie haben mir erlaubt, solche Dinge beinahe jeden Abend mit nach Hause zu nehmen. Ich vermute, daß der Boss ein Auge auf mich hat.«

»Daran zweifle ich nicht. Mädchen, das ist, wie wenn du eine Gehaltserhöhung von fünfzehn Dollar pro Woche bekommen hättest.« Er übertrieb ein wenig, um sie sich noch besser fühlen zu lassen.

Sie aßen mit Appetit. Dann ging Carol in die Küche und warf die Verpackung weg. Als sie zurückkam, setzte sie sich dicht zu Johnnie; er legte seinen Arm um sie. Es war schön, so beieinander zu sitzen und zu wissen, daß man sich mochte. Es war nicht so wie mit Mary, aber ein Mann nahm eben, was er bekommen konnte.

Sie sahen den Spätfilm im Fernsehen an, und ihre Zuneigung ging langsam in Verlangen über. Johnnie spürte, daß sich Carol stärker an ihn lehnte, und sie war plötzlich nicht nur warm und weich, sondern verlangend und heiß. Er beugte sich zu ihr hinunter und küßte sie. Sie legte ihre Arme um seinen Hals und gab ihm den Kuß zurück, drückte dabei ihre Brüste gegen ihn. Johnnie nahm sie fest in die Arme und ließ seinen Mund über ihr Gesicht, ihre Kehle und den Hals wandern. Sie schauerte vor Lust zusammen und murmelte etwas in sein Ohr, etwas, das er gar nicht deutlich zu hören brauchte, um es zu verstehen. Er streichelte ihr über das Haar, und sie preßte sich dich an ihn, ihr Körper heiß vor Verlangen. Johnnie legte sie auf die Couch, und sie gab dem Druck seiner Hände gern nach. Ihr Rock glitt nach oben, enthüllte mehr und mehr von ihren schönen Schenkeln, bis ihr Höschen in Sicht kam.

Sie atmete schnell und flach, war erregt und hingebungsvoll. Er merkte den Unterschied in ihren Bewegungen, langsam und fiebrig zur selben Zeit . . .

Und dann war es vorbei.

Widerstrebend löste er sich von ihr, wollte sogar nach der Sättigung seines Verlangens noch auf ihrem weichen Körper bleiben. Sie lächelte zu ihm hinauf, erhob sich, und der hinunterrutschende Rock bedeckte ihren feuchtglänzenden Schoß. »Ich hoffe, daß du nicht wieder ärgerlich wirst, aber ich habe für mich festgestellt, daß ich heute abend eine der größten Wahrheiten in meinem Leben ausgesprochen habe; es ist wirklich ziemlich aufregend, mit dir zusammenzusein!«

Am nächsten Morgen läutete das Telefon. Es war noch nicht einmal sieben Uhr, und Johnnie hat noch keinen Kaffee gehabt, deshalb war er ziemlich knurrig, weil um diese Tageszeit jemand anrief. Carol schlief noch tief.

»Hallo«, brummte Johnnie in den Hörer.

»Mr. Castor?« Wer es auch sein mochte, er wartete auf Antwort, also gab Johnnie sie ihm.

»Natürlich. Und wer ist dort?«

»Es tut mir leid, Sie zu stören, Mr. Castor, aber ich wollte Sie unbedingt erreichen, bevor Sie zur Arbeit gehen. Hier spricht Sergeant Harris von der Polizei-Abteilung.«

»Ich war es bestimmt nicht.«

Der Sergeant lachte. »Nein, es geht nicht um etwas Kriminelles. Es ist eine reine Routinesache. Wir haben vor einigen Stunden Pete Crosby springen lassen. Sie sollten das wissen.«

»Verdammt noch mal! Jetzt schon?«

»Ja. Ich denke darüber wohl ebenso wie Sie, aber er hat eine Bürgschaft beigebracht und so blieb uns nichts anderes übrig. Wir wollten Sie das wissen lassen, damit Sie auf jeden Fall auf der Hut sind, wenn er wieder etwas unternehmen sollte.«

»Okay. Danke.«

»Keine Ursache«, sagte der Sergeant und legte auf.

»Scheiße.« Johnnie warf den Hörer auf die Gabel und ging in die Küche, um Kaffeewasser aufzusetzen.

Gähnend kam einen Moment später Carol zu ihm. Sie hatte einen alten Mantel von Johnnie an. Sie küßte ihn flüchtig und setzte sich an den Tisch, starrte gierig auf den Kaffeetopf.

»Er ist gleich fertig«, sagte Johnnie.

»Wer hat angerufen?« fragte sie kaum verständlich.

»Hm? Ach so. Die Polizei. Sie haben Pete Crosby aus dem Käfig gelassen.«

»Wen? Oh. Oh!« Plötzlich war sie hellwach. »Glaubst du, daß er es noch mal versuchen wird?«

»Wahrscheinlich. So wie ich Pete kenne, kommt er wieder.«

»Du scheinst aber deswegen nicht besonders ängstlich zu sein.« Sie hatte Angst in der Stimme.

»Sowas lernt man im Krieg, Baby. Warum sich schon vorher in die Hose machen? Wenn es so sein soll, daß ich den Schädel eingeschlagen bekomme, dann ist das eben Schicksal. Andererseits bin ich mit diesem Hundesohn gestern fertig geworden, und ich habe das Gefühl, daß ich das auch ein zweitesmal schaffen würde, wenn es nötig werden sollte. Pete ist groß und hart und auch verhältnismäßig schnell, aber er ist auch ein wenig plump und nicht ganz so intelligent wie der Durchschnitt.«

»Aber gerade die Sturen sind es oft, die man zu fürchten hat.«

»Wie kommst du darauf?«

»Weil die etwas Unvorhergesehenes tun können, etwas worauf ein intelligenterer Mann niemals kommen würde.

Johnnie zuckte mit den Achseln. »Ich muß nur meine Augen wegen ihm offen halten, das ist alles. Was könnte ich sonst auch tun?«

»Einen Moment lang sah sie nachdenklich aus. »Einen Augenblick mal. Ich habe etwas für dich.«

»Oh, das weiß ich nicht erst seit heute«, wurde er witzig.

Sie streckte ihm die Zunge heraus und rannte aus der Küche. Ursprünglich wollte Johnnie frühstücken, aber er unterließ es nun, weil er keinen richtigen Hunger hatte. Er wußte, daß er das gegen später bereuen würde.

Carol kam mit etwas in der Hand zu ihm zurückgerannt. Johnnie warf einen Blick darauf und sah dann überrascht näher hin. Es war ein Revolver. »Hier, Liebster«, sagte sie. »Nimm das zu dir. Man kann nie wissen, und es kann nichts schaden.«

Johnnie schüttelte den Kopf. »Dramatisierst du die Sache nicht ein bißchen zu sehr?«

»Hör mal zu. Dieses kleine Ding hat mich mehr als einmal vor Burschen bewahrt, die mehr von mir wollten, als ich ihnen zu geben bereit war. Wenn ich unterwegs bin, habe ich es immer bei mir.«

»Hast du einen Waffenschein?«

»Natürlich nicht.«

»Und ich auch nicht und ich weiß etwas Besseres, als auf diese Art und Weise in Schwierigkeiten zu kommen.«

»Sei nicht albern. Wie sollte jemand dahinter kommen. Und außerdem ist es auch nur eine Zweiunddreißiger.«

»Du wirst für eine Zweiunddreißiger genau so verurteilt wie für eine Vierundvierziger Magnum, Carol. Nein, herzlichen Dank. Stell dir mal vor, das Ding fällt mir während der Arbeit aus der Tasche, was das für einen Aufruhr geben würde! Und das in einer Bank! Ich wäre bis neunzehnhundertdreiundachtzig nicht damit fertig, zu erklären, warum und wieso ich eine Bleischleuder mit mir herumschleppe.«

»Aber es wäre immerhin doch besser, als wenn dir der Kopf weggeblasen wird.«

»Pete wird so etwas niemals versuchen.«

»Warum nicht? Du hast doch gesagt, daß er nicht besonders hell ist.«

»Nein, aber er denkt, daß er der größte, der stärkste Mann der Welt ist und er würde es nie zulassen, daß jemand denkt, er hätte es notwendig, einen Revolver zu benützen, um mit einem Mann fertig zu werden, der um die vierzig Pfund leichter ist als er.«

»Na gut, aber ich bin immer noch der Ansicht, daß du nicht klug handelst, Johnnie. Ich kann dich nicht dazu zwingen, das Ding einzustecken. Ich lege es hier auf den Tisch, für den Fall, daß du es dir doch noch anders überlegst. Es liegt ganz bei dir.«

## ZWÖLFTES KAPITEL

Es herrschte geschäftiges Treiben in der Bank, wie immer montags. Johnnie vergaß Pete und dessen wahnsinnige Idee völlig, weil er ständig seinen Kopf bei der Arbeit haben mußte. Aber in der Kaffeepause fiel er ihm wieder ein und welch verrückte Dinge dieser Mann in Vietnam gemacht hatte. Er dachte sogar daran, ob es nicht vielleicht doch ein Fehler gewesen war, die Waffe nicht mitzunehmen. Er hatte zwar versucht, Carol zu beruhigen, war nun aber gar nicht mehr so sicher, ob es Pete nicht mit einer Kugel erledigen wollte.

Er ging zur Kandy Kitchen zum Essen. Carol rannte wie aufgezogen herum und versuchte, allen Gästen gerecht zu werden. Er bestellte ein mit Rindfleischschnitten belegtes Brot und eine Tasse Kaffee. Als Carol eine kleine Pause hatte, kam sie sofort zu ihm. »Du hast ihn nicht mitgenommen«, sagte sie vorwurfsvoll.

»Nein. Ich bin immer noch der Ansicht, daß es nicht klug gewesen wäre.«

»Ich habe ihn dabei. Willst du ihn?«

»Nein, ich glaube nicht.«

Sie zuckte die Schultern. »Dann auf zu deinem Begräbnis, großer Held!«

Auf dem Weg zurück zur Bank sah Johnnie eine Rattenfalle von einem Auto in der verbotenen Zone nahe der Kurve stehen und wunderte sich, warum ein Fahrer so offensichtlich auf Ärger aus sein konnte. Einen Moment später merkte er, auf welche Art Ärger dieser Bursche aus war.

Wenn er noch etwas gewartet hätte, dann wäre ihm sein Vorhaben bestimmt gelungen, so aber verlor er die Nerven und stürzte aus seinem Auto, als Johnnie noch ungefähr fünfzig Meter entfernt war. Es gibt natürlich Männer, die auch auf diese Entfernung mit tödlicher Sicherheit treffen, aber Pete gehörte nicht dazu. Er dachte nicht einmal daran, die Wagentür als Handstütze zu benützen. Er sprang aus dem Auto und begann wie wild in die Richtung von Johnnie zu ballern. Jemand schrie auf, als eine Kugel auf dem Gehweg vor einem Laden Funken schlug und als Querschläger wimmernd durch die Gegend flog. Der zweite Schuß zerschmetterte ein Fenster. Leute rannten nach allen Richtungen auseinander. Johnnie stand für einen Moment wie angewurzelt, dann wurde es ihm aber schnell klar, daß dies eine ernsthafte Sache war und nur ihm galt. Pete stand nun in der Mitte der Straße, die Waffe in Augenhöhe und zielte erneut. Johnnie sah, daß er ein Auge zugemacht hatte, die Zungenspitze hing aus einem Mundwinkel, als er sich konzentrierte. Wieder ein Knall, und Johnnie hörte die Kugel so dicht an sich vorbeipfeifen, daß er auch den Luftzug spürte. Ein singender Ton war hinter ihm, und er hörte Pete enttäuscht fluchen, als er nochmals zielte.

Johnnie tauchte in Deckung, die er in einem offenen Eingang erhoffte. Ein weiterer Schuß bellte auf, und Johnnie spürte, wie etwas in sein Bein wie der Fang eines Raubtieres biß. Er stürzte, und Pete brach in ein Triumphgeheul aus, und dann klatschte eine Kugel einen halben Meter neben Johnnie auf den Gehweg, schlug Funken und prallte gegen das Gebäude.

Eine Sirene heulte, Bremsen quietschten, und Johnnie richtete sich aus seiner zusammengekauerten Stellung auf. Er sah ein Polizeiauto und zwei Beamte, die aus ihm heraussprangen. Einer hatte ein Gewehr und der andere einen Revolver in der Hand.

»Laß ihn fallen und Hände hoch!« brüllte einer der Polizisten. Aber Pete zielte seelenruhig weiter auf Johnnie, der in einem dumpfen Schock dachte »Er nimmt nicht einmal wahr, daß sie da sind. Warum zum Teufel schießen sie denn nicht auf ihn? Warum lassen sie ihn denn noch einmal auf mich schießen?«

Dann knallte der mit dem Gewehr noch einmal in die Luft und Pete machte einen Luftsprung wie eine Marionette. Er sah sich nach ihnen um, begriff, wen er vor sich hatte und ließ sofort seine Waffe fallen. Der Polizist mit dem Revolver steckte diesen in das Holster und sprang auf Pete zu, machte unterwegs die Handschellen los.


Dieses Mal verlangte niemand von ihm, daß er das Krankenhaus verlassen sollte. Diesmal war er derjenige, der hinaus wollte, und sie ließen ihn nicht. »Wir möchten Sie nur gern für eine Untersuchung hier behalten, Mr. Castor«, sagte der Arzt. »Sie sind immer noch in einem Schock.«

»Sie haben mir selbst gesagt, daß es nur eine Fleischwunde sei«, sagte Johnnie müde. »Ich möchte nach Hause. Verdammt, das Bein ist okay. Ich kann ja sogar damit gehen.«

»Ja, aber Sie sollten das nicht, zumindest nicht mehr als

unbedingt nötig, wenigstens für ein, zwei Tage. Auch eine Fleischwunde kann eine ernsthafte sein oder werden, Mr. Castor, wenn sie von einer Kugel dieses Kalibers verursacht worden ist.«

»Also werde ich das Bein schonen. Ich verspreche es. Alles was ich möchte, ist, daß ich nach Hause und mich in mein eigenes Bett legen kann. Nun, ist das nicht mein legales Recht?«

»Der Doktor seufzte. »Ja, das ist Ihr legales Recht. Ich wollte, daß dies nicht der Fall wäre.«

»Gut und schön, aber es ist mein Bein und mein Blut, das dabei verloren wurde, und mein Leben. Wenn ich nach Hause gehen möchte, so ist das auch meine Sache.«

»Wie Sie wollen«, sagte der Arzt und schüttelte den Kopf. »Ich habe nicht so viel Zeit, um mich mit Ihnen herumzustreiten. Hier, unterschreiben Sie diesen Revers. Weder ich noch das Krankenhaus möchten für irgendwelche Folgen verantwortlich sein.«

»Fein.« Johnnie zog seine Kleider an, unterschrieb den Zettel und ging hinaus, um ein Taxi anzuhalten. Ein Wagen hielt, und von drinnen winkte jemand zu ihm heraus. Er machte einen Satz nach hinten, ein bißchen zu dramatisch. Sie hatten Pete abtransportiert, der immer wieder beteuerte, daß er nur sein friedliches Heim verteidigen wollte und daß kein Richter der Welt ihn deshalb verurteilen könnte. Aber Johnnie war sich darüber im klaren, daß er auch diesmal wieder gegen Kaution herauskommen konnte. Aber dann erkannte er das Auto. Es gehörte seinem Schwiegervater, die Tür öffnete sich und er sah Mary.

»Steig ein«, sagte sie. »Bitte, Johnnie.«

Johnnie zögerte einen Augenblick und zuckte dann die Achseln. Er nahm an, daß sie gekommen war, um ein bißchen Salz in seine Wunden zu reiben, um ihm zu sagen, daß wenn er nicht einer dieser Burschen wäre, die sich ständig in schlechter Gesellschaft herumtreiben, daß ihm dann dies alles nicht passiert wäre. Sie hatten ihm im Krankenhaus einen Stock gegeben; er humpelte zu dem Auto und stieg ein. Den Stock legte er zwischen Sitz und Tür.

»Also, Mary, ich weiß ja nicht, was du willst, aber wenn du gekommen bist, um – «

Das war alles, was er heraus bekam, denn sie war plötzlich überall an ihm. Ihre Hände umspannten sein Gesicht und hielten es so fest, als ob sie ganz sicher sein wollte, daß er es wirklich war. Ihr Mund fand seinen, und er schmeckte die Süße ihrer Zunge. Dann legte sie ihren Kopf an seine Brust und verhielt sich so still, daß er zunächst gar nicht merkte, daß sie weinte.

»O, mein Gott«, murmelte sie gegen seine Brust. »O Johnnie, ich habe solche Angst gehabt. Solche Angst, daß sie mich am Telefon angelogen hätten. Sie tun das manchmal, habe ich schon gehört, und sagen dir erst die schreckliche Wahrheit, wenn du im Krankenhaus bist. Ich hatte solche Angst, daß du sterben könntest . . .«

»Willst du damit sagen, daß dir das etwas ausgemacht hätte?« Johnnie legte keinerlei Sarkasmus in diese Frage. Er kam aus dem Staunen über das, was jetzt mit ihm passierte, nicht heraus.

»Etwas ausgemacht? Wenn du gestorben wärst, und gerade jetzt, mit diesen bösen Dingen zwischen uns, diesen Dingen, die ich sagte, als ich dich zum letzten Mal gesehen habe, und den Dingen, die ich inzwischen tat, mit denen ich dich aus meinen Leben ausgeschlossen hatte; ich wüßte nicht, was ich getan hätte. O Johnnie, ich liebe dich so sehr, wenn ich auch nicht weiß, ob du mich auch liebst. Das war

150

auch der Grund, der mich damals diese gehässigen Dinge sagen ließ – ganz bestimmt.«

»Dich lieben?« Er hielt sie fest, aber sanft in seinen Armen, streichelte ihren Rücken. »Natürlich liebe ich dich, Honey. Ich liebe dich mehr, als ich dir sagen kann.«

»Gut. Das ist alles, was eine wirkliche Rolle spielt, nicht wahr? Andere Frauen sind mir völlig egal, ich mache mir – «

»Es wird keine anderen Frauen mehr geben, Liebling. Von nun an nie mehr. Ich werde keine Zeit mit anderen Frauen mehr verlieren – niemals mehr.« Plötzlich fiel ihm etwas ein. »Hey, wie kommt es eigentlich, daß du in der Gegend herumfährst. Du bist doch ernsthafter verletzt, als ich es bin.«

»Ich weiß. Mein Vater wollte mir auch den Wagen gar nicht geben, aber ich habe ihm erklärt, daß, wenn er ihn mir nicht gibt, daß ich dann zu Fuß gehen würde.«

»Himmel, du bist ganz allein bis hierher gefahren? Du hast doch erst eine Kugel in den Leib bekommen – «

»Oh, mir geht es ganz gut. Ich habe eine große, feste Bandage, aber das ist schon in Ordnung.«

Ein Zug in ihrem Gesicht, nur schwach vom Neonlicht über dem Hospitaleingang beleuchtet, sagte ihm etwas ganz anderes. Sie hatte Schmerzen, jetzt, und wahrscheinlich schon auf dem ganzen Weg zu ihm.

»Du gehörst in ein Bett«, sagte er. »Ich fahre dich nun nach Hause.«

»Einverstanden – wenn du weißt, wo dieses Zuhause ist.«

»Ja, natürlich – was meinst du?«

»Muß ich es sagen? Zuhause ist dort, wo du bist, Johnnie. Das ist mein Zuhause von jetzt an und für immer.«

»Gut. Wir haben immer noch unsere Wohnung – die Miete ist noch nicht abgewohnt.«

»Hast du nicht ein Haus von Faye geerbt? Ich habe gehört, daß – «

»Ich möchte dich nicht mit dahin nehmen«, sagte Johnnie. »Du und ich werden unser eigenes Haus haben, nicht das von Faye.«

»Okay. Wenn du das meinst.«

Johnnie stieg aus und ging um den Wagen herum zur Fahrerseite. Soweit war der Grund, den er Mary gesagt hatte, ganz ehrlich gemeint, aber es gab auch noch einen anderen, warum er nicht mit ihr zu Fayes Haus fahren wollte. Carol würde heute abend dorthin kommen, und er wollte es jetzt nicht darauf ankommen lassen, Mary erneut zu verlieren, nachdem er sie wiederhatte. Es gab da Grenzen, bis zu denen eine Frau Verständnis für gewisse Dinge hatte, wenn sie ihren Ehemann auch noch so sehr liebte.

Am nächsten Tag blieb er mit seinem kranken Bein zu Hause und half Mary. Sie war durch den Schock noch sehr schwach und hätte am Abend vorher nicht aus dem Haus gehen dürfen. Der gleiche Sergeant, der ihn wegen Pete schon einmal angerufen hatte, telefonierte wieder mit ihm, und zuerst zog sich alles in Johnnie zusammen, weil er damit rechnete, daß man diesen Verrückten schon wieder freigelassen hatte. »Wir wollten nur, daß Sie beruhigt sein können«, sagte der Sergeant. »Crosbys Kaution wurde auf zwölftausend Dollar festgesetzt, so daß er kaum wieder so schnell auf freiem Fuß sein kann. Ich glaube, daß Sie damit rechnen können, ihn für lange, lange Zeit nicht mehr zu sehen.«

»Vielen Dank«, sagte Johnnie. »Das sind gute Nachrichten.«

»Wir brauchen Sie wahrscheinlich als Zeugen, aber das liegt beim Staatsanwalt.«

»Es wird mir eine Freude sein.«

Er ging in die Küche und machte sich eine Dose eisgekühlten Orangensaft auf, begann mit seinem Frühstück. Mary lag immer noch im Bett. Das Telefon läutete wieder, und er wollte hingehen, aber sie hatte schon abgenommen. Sie meldete sich und gab ihm dann den Hörer. »Es ist für dich, irgend jemand von der Kandy Kitchen. Sie sagt, daß du gestern etwas vergessen hättest.«

»Du machst, daß du sofort wieder ins Bett kommst«, sagte Johnnie.

»Oh, sei nicht albern. Ich bin – «

»Muß ich dir eins über den Kopf geben und dich dann ins Bett zerren?«

»Ich höre und gehorche, hoher Herr.« Sie ging ins Schlafzimmer. Johnnie schluckte hart und nahm den Hörer auf.

»Johnnie? Ich nehme an, daß du weißt, wer spricht.«

»Ja. Hör mal her, ich – «

»Rede jetzt nicht, Johnnie. Deine Frau könnte sich einen Vers darauf machen. Ich wollte dir nur sagen, daß ich gewissermaßen bereits wieder unterwegs bin. Ich habe die zehn Dollar, die ich dir noch schulde, in einen Umschlag gesteckt und übergebe diesen meinem Boss hier. Dein Name steht darauf.«

»Wohin gehst du?«

»Oh, ich weiß noch nicht. Auf die Straße nach irgendwohin, wo es mir gefällt. Ich hatte eine Zeitlang die spaßige Idee, mich für immer hier niederzulassen, aber hier herum ist es für meine Art Mensch zu aufregend. Also bin ich so anständig, wie du das mal gesagt hast, und teile dir hiermit mit, daß ich meine Startlöcher schon gegraben habe. Es war ein riesiger Spaß.« Sie sagte eine Weile nichts, und Johnnie hatte das Gefühl, daß sie gegen Tränen ankämpfte.

»Ja. Ich kann mich an nichts Besseres erinnern, Carol.«

»Halt! Das ist eine verdammte Lüge, und du weißt das. Du hast gerade jetzt etwas viel Besseres, und ich bin schrecklich neidisch auf euch beide. Ich bin letzte Nacht nicht in das Haus zurückgegangen, weil ich dachte, daß du und deine Frau dort sein könnten, und ich wollte nicht, daß sie mich sah.«

»Wie hast du davon gewußt?«

»Ich habe euch gestern abend gesehen. Ich wollte gerade ins Hospital hineingehen, um dich zu besuchen, und dann kamst du heraus, und da war sie und hat dich in das Auto gezerrt. Ich habe mir gedacht, daß es entweder eine Vergewaltigung oder deine Frau war. Auf jeden Fall etwas, wo ich mich rauszuhalten hatte, hm? Wenn ich nur ein paar Minuten früher drangewesen wäre, hätte ich die Sache für dich recht kompliziert gemacht.«

»Weißt du, daß du etwas ganz, ganz Besonderes bist, Carol?«

»Oh, laß das! Spare das für sie auf – sie hat das Recht, so was zu hören.«

»Alles Gute, Carol.«

»Adios, Kamerad. Ich wünsche mir, daß ich dich getroffen hätte, als du noch ganz frei warst.«

Er hörte, daß sie aufgelegt hatte. Johnnie stand da und hielt den Hörer noch eine ganze Zeitlang an sein Ohr, überlegte, was wohl mit diesem Mädchen nun geschah und wohin sie gehen würde. Wahrscheinlich würde sie schon zurechtkommen, weil sie tatsächlich ein besonderes Mädchen war – und sie würde einen finden, der besser zu ihr passen würde, als er dies je hätte können. Sie würde zurechtkommen, weil sie auch die nötige Härte besaß, um sich durchzuschlagen; weil sie gut aussah und dazu intelligent war.

Er ging ins Schlafzimmer, um nach Mary zu sehen.

»Was hast du denn vergessen?«

»Vergessen?«

»In der Kandy Kitchen, mein Schatz.«

»Oh, einen Zehn-Dollar-Schein. Er muß mir aus meiner Brieftasche gefallen sein.«

»Da hast du aber Glück gehabt, daß dieses Mädchen so ehrlich war.«

»Das ist es bestimmt«, sagte er.

»Weißt du, du solltest besser aufpassen, Liebling.«

»Das habe ich auch vor«, sagte Johnnie.

Bitte beachten Sie
die folgenden Seiten

Friedrich
Schlegel

Lucinde

Ullstein Buch 30106

›Lucinde‹ erschien 1799 und
war ein Skandalon seiner
Zeit. Was die Gemüter am
heftigsten erregte und einen
Sturm der moralischen
Entrüstung entfachte, das
war die Darstellung und
Verherrlichung eines neuen
Ideals der Liebe, das die
Wonnen der Sinnlichkeit
ausdrücklich mit einbezog.
Zugleich wird in der Gestalt
der Lucinde ein neuer Typ
Frau gefeiert, die voll-
kommene Freundin, die
sinnliche Geliebte und geistig
unabhängige Frau.

Die Frau
in der Literatur

Cyprian
Ekwensi

Jagua Nana

Ein zeitkritisch-erotischer
Roman des modernen Afrika

Ullstein Buch 30195

Die Legende vom Lieben
und Leiden einer modernen
afrikanischen Kurtisane,
zugleich ein in grellen Farben
gezeichnetes Bild west-
afrikanischer Gesellschaft in
Nigerias Hauptstadt Lagos.
Die Titelheldin, genannt
»Jagua« nach Linie und
Rasse des teuren englischen
Sportwagens, ist gebannt von
Lust und Laster und
Verruchtheit der Reichen.
Cyprian Ekwensi gehört zu
den bedeutendsten afrika-
nischen Autoren von heute.

Die Frau
in der Literatur

# Marquis de Sade

# Justine oder Vom Mißgeschick der Tugend

Ullstein Buch 30124

Das meistverlegte und meistgelesene Werk des berüchtigten Marquis de Sade (1740–1814) ist ein Thesenroman. An Hand der Schicksale der beiden gegensätzlichen Schwestern Justine und Juliette, die, ganz auf sich gestellt, ihren Weg durch die Welt machen müssen, sucht der Roman sie Unsinnigkeit traditioneller Moralvorstellungen nachzuweisen, indem er die Tugend, personifiziert in Justine, ständiger Verfolgung und Peinigung aussetzt, die Lasterhaftigkeit hingegen triumphieren läßt.

Die Frau in der Literatur